笙国花煌演義3

～煌めく月は花を恋う～

野々口契

二見サラ文庫

Illustration　漣ミサ

本文*Design*　前島歩

CONTENTS

7 序　章　其、凍雲の下、足を踏み出す

9 第一章　花琳、飴湯に舌鼓を打ちながら、愚痴をこぼす

34 第二章　花琳、悲しみに打ちひしがれる

73 第三章　煌月、奇病の謎は解くも、恋心という難題に頭を抱える

160 第四章　煌月と花琳、雨降って地固まる

210 第五章　花琳、白慧の心の痛みに寄り添う

240 終　章　煌月と花琳、瑞雲たなびく空の下、大いに祝福される

登場人物紹介

煌月（こうげつ）

笙国の王。両親の死の謎を探るためあらゆる生薬の知識を修め、興味の対象ももっぱら薬。愚王を演じるが、聡明でとにかく顔がいい。

虞淵（ぐえん）

笙国の将軍。実家の汪家で少年時代の煌月を預かっていたため、幼馴染のように育つ。

文選（ぶんせん）

笙国の文官。父は丞相で自身も将来を有望視されている。煌月のお目付け役で愛妻家。

紫蘭（しらん）

黒麦の病を意図的にはびこらせた黒幕。捕縛されるものの脱獄し、逃走。

主な国

笙（しょう）……大陸一の交易国。今は繹の支配下にある。

冰（ひょう）……製鉄と武器製造を得意とする南の国。

繹（えき）……貧しい土地柄のため侵略によって国力を蓄えている。

花琳（ふぁりん）

冰国の第三公主。喬国に輿入れ予定だったが、王太子が急逝したため経由地の笙国にとどまることに。恋愛物語の本を読むのが大好き。

白慧（びゃくけい）

花琳お付きの宦官。女装が得意だが腕っぷしも強い。

風狼（ふうろう）

花琳の飼い犬。

これまでのあらすじ

笙国では、のらくらと正妃問題をかわす煌月に業を煮やした文選によって後宮が急造され、美姫や大店の娘、そして冰の公主・花琳が正妃候補として集められる。ライバルの妃嬪たちが痩せ薬を装った阿片がらみの陰謀を企てた末に宮廷を去り、残ったのは花琳だけ。市中を騒がせた「偽煌月」騒動も再び紫蘭を捕らえたことで一件落着し、花琳は正式に笙王・煌月のたった一人の未来の伴侶として後宮に留まることになったのだが——。

序章

其、凍雲の下、足を踏み出す

冬が来る。

ぴりりとした空気を頬に感じると、遠い昔のこと——乳母に手を引かれて、血の臭いが充満していた城を出た日のことを思い出す。

累々と横たわる屍を横目に見て、その中に知った従者の顔を見つけ喉奥にせり上がるものを感じながらも、早く、と急かされ必死に駆け足で逃げた。留まっていては自分もたった今見てきた屍のようになる、と一瞬たりとも足を止めることはできなかった。

ひどく寒い年だったように記憶していたが、もしかしたら不安と恐怖のあまりに震えていたことをそんなふうに感じていたのかもしれない。それほどあの日のことは辛い記憶となって、自分の心の中にこびりついている。

——冬は嫌いだ。

びゅう、と吹き抜ける冷たい風に外套の襟をかき寄せる。

見上げると、すぐにでも荒れてきそうな曇天の空模様である。雪が降る前にもう少し足を進めねば、と歩調を速めた。

第一章　花琳、飴湯に舌鼓を打ちながら、愚痴をこぼす

後宮と哥の街での阿片騒動からひと月半ほどが経ち、笙の国はそろそろ冬の季節となっていた。

笙は内陸にあるため、冬はそれなりに寒い。とはいえ、都の哥は北方の地域に比べると比較的暖かなほうではあるが、この寒さは花琳にとってはじめての経験である。花琳の生まれ育った冰は笙より南に位置し、海に面していることから夏は涼しく冬は暖かく、とても快適であるのに比べると、山脈からの風が吹き下ろす笙の冬の寒さは少々厳しいものだった。

しかし、はじめて雪というものをこの目で見た花琳は目をキラキラと輝かせる。こんなに美しい結晶が空から降るなんて、とても信じられない。

「見て！　白慧！　雪よ！」

後宮における花琳の住まいである李花宮は広い中庭が美しい。その中庭に出て花琳はくるくると踊るように走り回っていた。

「そんなにはしゃがなくても。雪はこれからうんざりするほど見られますよ」

白慧は白く舞い散る雪を見てもさして感動する様子でもなく、はしゃぎ回る花琳を呆れたように諌める。

「だって、冰では雪なんか見られなかったのよ。こんなにきれいだったのね」

「だからといって、はしゃぎすぎです。何度も言うようですが、雪などこれからいくらでもご覧になれますよ。なんといっても冬ですからね。笙では冬には雪が降るのは当たり前ですよ」

「もう！　無粋なことばかり言わないで。少しは情緒とか、美しいものを愛でるとか、そんな気持ちをわかって欲しいものだわ」

ぷうっと花琳は頬を膨らませる。

「情緒で暖が取れればそれでよいのですけれどね。この寒さにそんなに薄着で走り回っては風邪を召されます。熱を出して苦しむのは花琳様なのですよ」

そう白慧が言う先から、花琳の口からくしゃみが飛び出た。

くしゅん、という声を聞いて、白慧はそれ見たことかと大きく溜息をつく。

「花琳様」

じっと睨むように見つめられ、花琳はふてくされながらもしぶしぶ「わかったわ」と返事をした。

「秋菊が飴湯の用意をしておりますよ」

「飴湯？　本当？」

　とたんに花琳の顔がぱあっと明るくなる。飴湯は花琳の好物だ。とろりと甘く熱い飲み物を花琳は笙に来てはじめて知った。飴湯は笙では冬の定番の飲み物である。寒いときには飴湯で身体を温めるのだという。生姜や桂皮を入れたり、また花の香りを加えたり……様々な香りや味を楽しめるとあって、花琳はすっかり飴湯が大好きになっていた。

「ええ、今日は花琳様の大好きな桂皮入りのものをこしらえているようです。ですから、早く中にお入りなさいませ」

「はあい」

　飴湯と聞いて、にこにこしながら花琳は房の扉を開ける。その瞬間、ふわりと桂皮のいい香りが鼻腔に届いた。

「わあ、いい香り……！」

　花琳が房に入ると秋菊が湯気のたった茶碗を持って現れる。

「まあまあ、そんなにほっぺが赤くなって。さぞかし寒かったことでしょう。今日の飴湯には桂皮を入れておりますから、よく温まりますよ」

　そう言いながら、秋菊は茶碗を卓子の上に置く。この秋菊は花琳が李花宮にやってきてから仕えているのだが、気立てがよく、またたいそう気が利く。それだけでなく明るく、笑顔がとても魅力的で花琳は大好きな侍女なのである。彼女の実家は菓子舗ということもあって、折に触れて美味な菓子が花琳のもとに届けられ、それも花琳を満足させていた。

熱々の飴湯を、ふーふーと息を吹いて冷まし、少しずつ口をつける。それでも舌を火傷(やけど)しそうなほど熱い。飴湯を飲むと身体も中からじんわりと温かくなってくる。そこでようやく随分と身体が冷えていたのだと花琳は自覚した。

「そろそろ炭炉に火を入れないといけませんね。今夜はかなり冷えそうですし」

白慧が房の隅に置かれている持ち運びのできる炭炉へ目をやり、秋菊へ後で火を熾(おこ)すように言いつけた。

かなり冷えそうという言葉を聞いて、まだまだ寒くなるのかと、花琳は目を丸くする。雪に浮かれていたときはそれほど寒さを感じなかったのだが、落ち着いてみると、だんだんと身体の芯から冷えてくるような気がしてくる。

「まだ寒くなるの？」

おかわりの飴湯を持ってきた秋菊に不安そうに花琳は尋ねる。

防寒対策として、厚い毛織りの敷物を重ねたり、毛皮の上着を羽織ったりはしているが、それだけではやはり寒さを感じずにはいられない。そこで煌月(こうげつ)が炭炉を用意してくれたのだが、いよいよそれを使うときが来たらしい。炭炉も花琳にははじめてのものだが、使い方を誤ると、大変なことになると聞いた。なんでも冬の寒い日に炭炉を寝台の近くに置いて寝た人が、寝相が悪かったために夜中に寝台から落ち、それが炭炉の上だったものだから、焼け死んでしまったという話もあるほどだ。暖かく便利ではあるが、同時に危険を伴うものでもあるらしい。

「そうですね。まだ冬ははじまったばかりですから……寒さが本格的になるのはこれからですよ」

もともと笙で生まれ育った秋菊には冬の寒さは当たり前なのだろう。けろっとして言うが、花琳にとっては越冬は未知である。もっと寒くなるという感覚がまるでわからなかった。

「ですが、後で炭炉に火を入れておきますからね。それで暖かくなりますよ。それに花琳様の寝台にも綿をたっぷり入れた布団をご用意いたしましたから、安心なさいませ。……飴湯のおかわりはいかがいたしますか？」

さすがに三杯目のおかわりは、いくら甘いもの好きの花琳といえど、腹にもたれてしまいそうだ。

「ありがとう。でも、もういらないわ。このお茶碗も下げてくれる？」

そう言うと秋菊はにっこりと笑って「かしこまりました」と返事をした。

「……この寒い冬を越したら、花琳様も王后様におなりになるのですね。本当に今から楽しみで」

茶碗を下げながら秋菊が言う。

そう、秋菊の言葉どおり年が明け、次の牡丹の季節に花琳と煌月の婚儀——立后の儀が執り行われることになったのである。

氷の第三公主であった花琳は元々喬という、笙の隣国の王太子に嫁ぐ予定であった。それがまさか笙王である煌月のもとに嫁ぐことになるとは。

（あのときはこんなことになるなんて思わなかったわよね）

輿入れ先の喬へ向かう途中で煌月に出会い、そのすぐ後に喬の王太子が病で急逝したと知った。それ以来浅からぬ縁があって今こうして花琳は煌月の後宮にいる。

まだ、初めて出会ったあの日から一年も経っていない。だが、その間に様々な事件に巻き込まれ、その事件の数々が煌月と花琳の気持ちを結びつけた。

煌月が正式に花琳を娶ることを決めたときには、白慧のみならず、煌月の信頼する虞淵や文選らもとても喜んでくれた。後宮に花琳以外の妃嬪を置かないとしたことも、変わり者の王のやることだと周囲は納得し、そして春になったら婚儀——とそこまでこぎつけたはいいものの……。

「そういえば、最近、煌月様のお姿を拝見しておりませんね。この炭炉のお手配をなさったときにいらしてからかれこれ半月……」

ぽつりと秋菊がそうこぼしたのを聞いて、花琳は「そうなのよ！」とすかさずというように大きな声を出した。

「煌月様ったら、『雪が降る直前にしか採取できない植物があるのだ』とかなんとかおっしゃって、黒檀山に行ってしまわれてから、まだお戻りにならないのよ！」

花琳は不満げにぷうっと頰を膨らます。

それを秋菊が苦笑しながら見ていた。花琳がそんな顔をするのは当然といえば当然で、煌月はここへやってきても心ここにあらずで、腰を落ち着けることなく、また花琳とろくに会話もせずにあっという間に黒檀山へと旅立ってしまったのだから。

黒檀山の前は、龍江の上流だった。そしてその前にも、あっちで珍しい植物があると聞けば赴き、こっちでいい生薬の出物があったと聞けば飛んでいき……最近はこの李花宮で煌月の顔を滅多に見かけなくなってしまった。

「まあまあ、そんな大きなお声を出さずとも。煌月様の草木への執着は花琳様もご存じでしょうに。花琳様だって、以前は『煌月様だから仕方ないわね』とおっしゃっていたではありませんか。なにをいまさら」

白慧は呆れたような声を出した。

煌月の生薬への執心ぶりについてはバカがつくほどのものだと花琳もよく知っているし、彼の美貌だけでなく、目を輝かせて本当に楽しそうに植物の話をする、子どものような無邪気さがあるところ込みで花琳は心惹かれた。だから覚悟はしているつもりだったのだ。

だが――。

（わかっているわ。わかっているの。でも、でも……！）

花琳が不満に思っているのは、煌月が生薬バカなところではない。もっと別のところに不満の種がある。

（……煌月様って、本当に私のことが好きなのかしら）

確かに煌月からは「正妃になるなら花琳」と言われ、「大好きですよ」とも、言われた。

それが夢でなければ。

だが、その大好きという言葉も「そういうところが大好き」と言われただけで、花琳自身を好きと言われたかどうか、今となっては疑わしい。

なにしろ煌月は花琳が立后することになっても、相変わらず葉っぱや根っこにご執心だし、なんなら花琳よりも愛しているのではないかと思うほど生薬が最優先で、花琳はほったらかしなのである。

事実、最近は婚儀の打ち合わせも文選まかせで、煌月よりも文選と顔を合わせている時間のほうが長い。

煌月も後宮へ訪れないわけではないのだが、甘い雰囲気とはまるで疎遠。花琳を餌付（えづ）けしておけばいいとばかりに、おいしいお菓子だけを置いていく。

（お菓子はうれしいのよ。そう、この前いただいたのなんか、ほっぺたが蕩（とろ）け……いえ、そうじゃないってば！）

炭炉を手配してくれたときも、花琳が好きだという砂糖菓子を持参してくれて、その心遣いはありがたいのだが……。

（でも、一応恋人同士になったわけだし）

花琳が愛読している本によれば、互いに気持ちを通じ合わせて恋人同士となった二人の間には甘い言葉が飛び交うものである。『きみこそ私のすべて』とか『死が二人を分かつまで絶対に離れない』とか『愛している』とかそれはそれは甘い言葉を愛する恋人に投げつけているのに、そんなことは一切なかった。

そのため、果たしてあの王様は自分のことを本当に好きなんだろうか、と疑念に駆られはじめているのだった。

（文選様も虞淵様も「煌月が人間の女性に大好きと言ったこと自体が奇跡」とおっしゃって……それはそうなんだけれど……でも）

煌月が花琳を王妃に迎えると言ったとき、彼の一番身近にいる親友二人はどれだけ喜んだことか。文選の父である丞相の劉己など、うれしさのあまり涙を流していたとも聞く。

煌月が生薬以外のものへ愛情を示したことが、もはや奇跡だと皆口を揃えて言い、花琳の悩みなど思い過ごしだとも言ったが、本当にそうなのだろうか。

（だって、煌月様はなんにもおっしゃらないし）

顔を合わせても愛の言葉ひとつないなんて。煌月が生薬大好きなのはわかってはいたがこんなはずではない、と花琳はもやもやした気分を抱えているのである。

（本当にあれは夢じゃなかったのよね）

夢なら今頃とっくに覚めているはずだし、婚儀の話も進むわけがないから、自分と煌月が結婚するのは確かなんだろう。

とはいえ、煌月の花琳への接し方はどう見ても小さな子を手懐(てなず)けるくらいなもので、恋人へのそれではない。おいしいお菓子はうれしいが、もっと違う甘いものも欲しいのに、と花琳は不満なことしきりであった。

おかげで大好きな本を読むのにもなかなか身が入らない。

というのも、作中に出てくる数多(あまた)のすてきな台詞(せりふ)がいちいち花琳の胸に突き刺さるのだ。今だって読みかけの『一日不見』に「あなたに会えない一日は、まるで何年もの時が経ってしまっているかのようで、こんなに時が経つのが遅いことを呪ってしまいました」という台詞がある。これは楽士を装った公子が、一目惚(ひとめぼ)れした敵方の姫のもとへ周囲の目を盗んで会いに行ったときに姫に向かって言うのだが、花琳は思わず本を伏せてしまったのだ。

（本を伏せたくもなるわよ。こんな台詞、煌月様は一度も口にされたことがないもの。あーーもうーー、あんなにすてきじゃなくていいから、せめて会いたかった、くらい言ってくれてもいいと思うのよ！）

最近では開き直って平気を装っているが、それはそれでなんとなく侘しい。

こんな不満を抱いているのを白慧に愚痴ってもよいのだが、話したところで「仕方ないでしょう。煌月様ですし」と返ってくるのが目に見えている。

（それか、「婚姻などというものは単に契約のようなものですからね。甘い雰囲気なんかなくて当たり前ですよ」って言われるわね、きっと）

まったく白慧ときたら、まるで情緒というものを解さない。白慧にこういうことを相談するのは無駄というものである。

ただでさえ、婚儀の支度のために白慧は毎日忙しくしており、花琳の愚痴をろくに聞きもしない。「現実は花琳様の愛読書のようなものではありませんよ」、と取り合ってもくれなかった。

（白慧の言うことはいつも正しいけれど……現実が本のようにいかないのは私だって理解しているのよ。でも、やっぱり少しくらい夢を見てみたいじゃない）

そもそも煌月のもとに輿入れできることが、夢物語のようなものだ。

煌月に出会って、あの美しいお方に憧れて……夢が叶ったのにもかかわらず、さらにやさしい言葉が欲しいなど、自分の望みが贅沢なのもわかっている。けれど、気持ちの天秤が、自分ばかり重たいような気がするのだ。

「秋菊、少し休むわ。今日の分の刺繍（ししゅう）は明日ちゃんと進めるから」

花琳の仕事は立后の儀において着用する自分と煌月の衣裳（いしょう）に刺繍を施すことだ。これは代々の王后になる者がするもので、王后が刺繍した衣裳を着て臣民の前に立たなければならない。そのため、刺繍の技量が問われるのである。刺繍がみすぼらしければ、臣民は花琳を王后として認めないだろう。この刺繍は花琳にとっていわば試金石であり、これから笙の王后として煌月の隣に立つために全力を尽くさなければならない仕事だった。
気を紛らわせるためにも刺繍に集中しようとしたが、結局できなかった。

「かしこまりました。夕餉（ゆうげ）のときにお声をおかけしますね」

秋菊の言葉を聞きながら、花琳は自分の房へ足を向けた。

「……で、なんでここに来るわけ。刺繍はどうしたのよ」

王宮内の地下深くにある、大罪人のみが入牢（にゅうろう）するといわれる地下牢へ花琳はやってきていた。ここには以前お縄にした紫蘭（しらん）が入牢しており、花琳はその紫蘭に会いに来ているのである。

実は前の事件の際に紫蘭を牢に送ってから、花琳は紫蘭に何度も会いに来ていた。もちろんはじめは彼女に会いたいと言うと、周囲に大反対された。花琳も紫蘭が様々な罪を犯したことを知っているし、自分も彼女に暗殺されそうになったこともある。

それなのになぜ会いたいと思うのかというと――。

（紫蘭はあの方の侍女だったから……）

花琳は湖華妃へ格別の思いを抱いている。

湖華妃という人はたいそう魅力的な女性だった。彼女が煌月暗殺の主犯と知っても、花琳はなぜか嫌いになれなかったのだ。

彼女が敬愛する作家だったことはどんなに驚いたことだろう。湖華妃――燎芳という名で紡がれたたくさんの物語の世界はなにより花琳を魅了した。だが、それだけではなく、実際接したとき彼女は花琳にとても親切にしてくれ、美しいものをたくさん見せてくれた。華やかで教養もあり、間違いなく花琳の憧れの女性だった。

（やっぱり嫌いになれないの）

悪い人だとわかっていても、それでも花琳は湖華妃を好きだと思ったのだ。

紫蘭は湖華妃の侍女として仕えており、短い時間ではあったが側にいた人間である。少しでも湖華妃のことを聞きたくて、紫蘭に会わせてと頼み込んだ。

花琳の頑固さに周囲も根負けして、短い時間ならということで許したが、はじめのうちは紫蘭のほうからけんもほろろに追い返されてしまった。

だが花琳はめげずに、牢へ湖華妃の著作をすべて持っていき、紫蘭に相手にされずとも、ひとりで語りはじめたのだ。そして紫蘭へ大事な愛読書を手渡し、「時間があるなら、読んでみて。素晴らしいから！」と激推しして立ち去った。それが一度のみならず何度も何度も繰り返されたものだから、紫蘭に呆れられつつも少しは話をするようになったのである。

今では紫蘭は花琳に湖華妃の話を少しずつするようになり、また湖華妃の書いた物語についても、花琳と語り合っている。牢の中は孤独とあって、紫蘭は花琳の持ってくる本が楽しみになっているらしい。

「ご心配なく。ちゃんとやっているわ」

本当は遅れているのだが、ごまかすようにそう言った。だが、そんな花琳を見透かすように紫蘭はふふん、とせせら笑った。

「それはそれは。でも、まだたんまり残ってるんでしょうに。こんなとこに来て暇潰ししていていいわけ？」

嫌みたっぷりの口調は紫蘭の通常運転だ。すっかりこの口調にも慣れたし、なんなら白慧のほうがもっと毒を吐くから、花琳にとってはどうということもない。

「う……。でも、春までにはきちんと終わらせるんだから平気……たぶん」

痛いところを突かれた、と花琳は苦虫を噛(か)み潰したような顔をした。一応、今日やるべきところは終わらせてきた。が、予定よりは少々遅れ気味である。

「下手なものこしらえたら、あんただけじゃなく、あの食えない王様も恥をかくんだからね。せいぜい頑張りなさいよ」

「わかってます。白慧にも耳にたこができるくらい言われてるんだもの。さすがに自分の立場くらいはわきまえてます」

　はあ、と花琳は大きな溜息をついた。

　刺繍は不得意というわけでもないし、特に嫌いでもない。だが、やっぱり飽きてくるのだ。本なら一日中でも読んでいられるのだが、気乗りがしないものを長時間するというのは耐えがたいものがある。そのため、ここへ気晴らしにやってきたのである。

「ま、いいけど。それより新しい本は？　持ってきてくれたのよね」

　牢の格子の向こうから紫蘭が花琳へ視線をよこす。

　はじめのうち、紫蘭は本についてそれほど興味を持っていなかった。花琳が湖華妃である燎芳なる作家の話をしたときも、そういえばそうだったわね、という程度の反応で、執筆した物語については読んでいなかったのである。だが、花琳の激推しがあり、かつ牢の中で時間は膨大にある……ということで、興味本位にぺらりと頁(ページ)をめくったところ、すっかりはまってしまい、それから花琳へ心を開いていったのだった。

　今では、花琳と読書仲間になっており、次々に出る恋愛小説について語り合う仲となって、新刊をねだられる始末である。

花琳としても語り合える相手が増えたのはうれしく、新しい本を手に入れるたびにここにやってくるようになったのだった。

「はいはい。持ってきましたよーだ。だって、紫蘭ってば持ってこないと次に来たとき、口をきいてくれなくなるじゃない」

言いながら、花琳は自分の後ろに控えていた牢番へ書物を一冊手渡す。検分を終え、牢番の手によってからでなければ、紫蘭に渡すことはできないのだ。花琳と気軽に話しているとはいえ、なんといっても重罪人であるのに違いはない。厳しいのは当然であり、花琳もそれは理解していた。信頼を失ってしまえば、ここにはもう来られなくなってしまう。

何事も規則は守らなければならない。

牢番から書物を受け取った紫蘭はにっこりと笑った。改めて見ても、彼女はとても美しい。地下牢というすさんだ場所にいてさえ、きれいだと花琳は思う。

「今回の本はね、沈槐園(ちんかいえん)という方が書かれた、『月光美人(げっこうびじん)』というお話よ。異世界に不思議な力で飛ばされた官吏が、その世界で強い法力を使えるようになって、魔王に囚(とら)われた姫君を助け出すというお話なの……！　ちょっと不思議なお話だけど、今の私の一推しだから、絶対紫蘭も気に入るはずよ！　ほんっっっとうに最高なんだから……！　すぐ！　すぐに読んで！　ね？　ね？」

花琳は鼻息荒く力説し、そして紫蘭も花琳の説明で期待を高めたようだ。本の表紙に目が釘(くぎ)づけになっている。

「異世界？　へえ……今まで読んだことのない種類の物語ね。この前持ってきてくれた、異能を持った皇子と仙女の話もすごく面白かったけれど、今回も楽しみだわ」

うふふ、と笑みをこぼすご満悦の紫蘭を見て、花琳もうれしくなる。また次にここに来るときには『月光美人』の感想を紫蘭と語り合えるだろう。

「それはそうと、あんたいつもより元気がないわね。いつもなら、今日の三倍は喋(しゃべ)っているのに、具合でも悪いんじゃないの？」

口は悪いが、一応は花琳の心配をしているらしい。確かに紫蘭の言うとおり、花琳の気持ちはなんとなく塞いでいる。

「具合は悪くないけど……」

「具合は悪くないって……そんなどんよりとした顔で言われてもねえ。それより、あんたの元気がないっていうのは気持ち悪いわ。具合が悪くないっていうなら、なんか悩んでるような顔つきだけど……違う？」

さすが優秀な侍女でもあった紫蘭である。花琳が悩み事を抱えているのを見抜いてしまった。

花琳はこくりと頷く。

「能天気なあんたに悩みがあるっていうのは、珍しいこと。――しょうがないわね、本を持ってきてくれたことだし、この紫蘭様に話してごらんなさいな。誰かに話して楽になるっていうこともあるしね。どうせここには私とあんたと牢番がいるきりだもの」

紫蘭の申し出はうれしいが、悩み事を彼女に話していいものかどうか、花琳は躊躇した。この悩みは花琳にとってはかなり切実なのだが、花琳以外の他人にしてみればどうでもいいことだ。けれど紫蘭が話していいというなら、話してみようかという気になりはじめる。牢番に聞かれたところでどうということもないし……と花琳は口を開いた。

「その……煌月様にとって、私はどういう存在なのかと……」

今まで溜め込んでいた不満を紫蘭にすべてぶちまけた。煌月に好かれているのかどうかまるでわからない、と力なく呟くように言うと、紫蘭はくすりと笑った。

「なんだ、この世の終わりみたいな顔してるから、どんな重大な悩みかしらと思ったらそんなこと」

ふふっ、とまたもや笑うので、花琳はムッとした。

「もう！　笑うことないじゃない。そりゃあ、紫蘭にとってはたいしたことのない話かもしれないけど、私は……」

ほんの一言でいいのだ。ほんの一言、自分のことを好きだと口にしてくれたなら、それだけで安心できるのに。

はじめのうち、煌月に憧れだけの気持ちを抱いていたときには、煌月が自分のことを好きになってくれずとも側にいられるだけで満足だった。けれど、気持ちの天秤はどんどん自分のほうだけ重くなっていく。

煌月のことを本当に好きだと自覚したのはいつだっただろうか。いつの間にか好きになって、そしてこうして婚儀にまでこぎつけることになって、すごくうれしいけれど、自分と同じ気持ちを彼が抱いていないことが寂しいと感じてしまうようになった。贅沢なのはわかっているが、それでもやりきれない。

しょげるように顔を俯(うつむ)けていると、紫蘭が「まだまだお子様ねえ」と鼻で笑った。

海千山千の紫蘭には花琳の悩みなど、まるっきり子どものおままごとのように思えるのだろう。彼女の返答に期待は持っていなかったが、こうも鼻であしらわれると、それはそれで傷つくものである。

「ひっどおい！　そんなふうに言わなくてもいいじゃない」

話せというから話したのに、と花琳はふくれっ面をする。

そんな花琳に紫蘭は苦笑いを浮かべた。

「ああ、ごめんね。そういう意味じゃなくてね。可愛(かわい)いわね、って思っただけよ。そんなふうに相手の言葉ひとつに心が揺れるなんてこと、私はどこかに置いてきちゃったみたいだから」

花琳が顔を上げると、紫蘭はどこか遠くを見ているような顔をしていた。そうして花琳が見つめているのに気づき、ふっと表情をやわらげる。

「安心しなさいよ、って私が言ってもあんたは安心なんかしやしないだろうけど。あの変わり者の王様は、ちゃんとあんたのこと大事に思ってるわよ。ま、言葉が足りないってのは減点だけど。あんたのことを側に置きたいと思ったから、王后にしようって思ったんでしょう？　これまで誰にも見向きもしなかったのに、わざわざそうしようと思ったのは、あの王様なりに覚悟して決めたことでしょうよ。それって、あんたに対する誠意でもあるってことよ。違う？」

花琳はハッとする。

紫蘭の言うことはもっともだった。なにも王后としなくても、いつまでも妃嬪として後宮に置いておくこともできる。今まで妃を娶ることをしなかった煌月がそれを覆したのは、相応の覚悟があってのことなのだろう。

花琳が頷くと、紫蘭は「少しはあんたも大人になりなさい」と静かに言った。

「あんたが不安に思う気持ちもわからないではないけど、もっと自信を持っていなさいな。あんたは魅力的な子だと思うし、あの変わり者をその気にさせただけでも、そりゃあすごいことよ」

紫蘭の言葉に花琳はくすりと笑った。

「ん？　どうかした？」

「ううん、紫蘭の今の言葉、虞淵様や文選様も言っていたなって思っただけ。煌月様が人間の女性に好意を持つのは奇跡なんですって」

そう言うと、紫蘭はプッと噴き出して笑った。

「ほらご覧なさい。まあ、あんたはせいぜい婚儀の支度を一生懸命していればいいのよ。またなにか愚痴をこぼしたくなったら、ここに来れば？　気が向いたら話を聞いてあげるわよ」

口調こそ素っ気ないが、やさしい言葉をかけられて花琳の気持ちが少しだけ晴れた。

「また本を持ってくるわね」

そう言い置いて、花琳は牢を後にする。

迎えに来ていた秋菊に「お顔が明るくなりましたね」と言われ、彼女にも心配をかけていたのだなと反省する。まだ不安は残るものの、自分の周りにはやさしい人たちがいると思うと、我儘は控えなくてはと花琳は思った。

「白慧、ただいま」

李花宮に戻ると、いつも真っ先に出迎えてくれるはずの白慧が出てこなかった。

「白慧、どうかした？」

房に足を進めた花琳が目にしたのは、手にしていた紙を凝視している白慧だった。花琳もはじめて見る、困惑したような、非常に緊張しているような面持ちの白慧にそれ以上声をかけられず、立ち尽くしてしまう。

だが、白慧のほうは花琳の声に我に返ったようにハッとし、つい今し方までとは打って変わって穏やかな表情に変わり、「ああ、花琳様。失礼しました。おかえりなさいませ」と出迎えてくれた。

そのとき、白慧が手にしていた紙を落とした。花琳はそれを拾い上げてなにげなく目を落とした。だが、白慧はすぐさま花琳の手からそれを強引に奪い取る。

「どうしたの？」

花琳は驚いて白慧に尋ねる。こういう白慧は滅多に見たことはなかったからだ。

「あ……すみません」

「それは手紙？」

花琳は白慧が取り戻した紙を見てそう聞いた。

すると白慧は一瞬目を泳がせ、ぎこちない笑みを浮かべる。

「え、ええ。氷から……その……花琳様の婚儀に際しての贈り物の件で少し……」

歯切れの悪い白慧の言葉に花琳は引っかかるものを覚えたが、「そうそう、文選様が花琳様へお菓子をくださいましたよ」とすぐに白慧が口にした言葉に気を逸らされてしまった。

「お菓子？　文選様が？」

「ええ。なんでも奥方様がたくさん作られたとかで。お裾分けにいらしてくださったのですよ。召し上がりますか？」

　こちらのお菓子です、と白慧が盆に載せて持ってきたのは糕（こう）と呼ばれる、ふんわりとした蒸し菓子だった。小さな西瓜（すいか）ほどもある大きなものだ。見るからにおいしそうなお菓子を目にして、食べないという選択肢はない。

　ちょうど小腹も空（す）いていたし、と花琳は目を輝かせる。

「食べたい！」

　力いっぱい返事をすると、「だと思いました」と白慧はニヤニヤしながらそれを卓子の上に置き、小刀で食べやすい大きさに切り分けた。

　そしてそれを皿に載せ、花琳のほうへと置く。

「お茶の支度もしなければなりませんね。秋菊、お茶をお願いします。――さあ、花琳様どうぞ召し上がれ」

　白慧は控えていた秋菊にお茶の支度を言いつけ、花琳に菓子を勧める。花琳は席に着くと、そのふわふわとした菓子を摘（つま）む。白慧が小さく切り分けてくれたが、それでも一口では食べきれず、仕方なく囓（かじ）りつく。

「わあ……！」

　見た目からふんわりとしていたが、口の中に入れると、そのやわらかさがさらに実感できる。ふわふわとして甘く、口の中が幸せになる味だ。

「いかがですか?」

「すごくおいしい! ふわふわで、口の中で蕩けていくみたいで」

「料理上手でいらっしゃる文選様の奥方様が花琳様にと——」

そう言ったところで、花琳は首を傾げた。

「え? たくさん作ったからお裾分けにって、さっき白慧は言っていなかったかしら」

花琳が聞き返すと、白慧はしまったという顔になった。

「あ……その……本当は、花琳様が近頃浮かない顔をなさっていることを心配なさった文選様が奥方様と相談なさったそうで、少しでも元気のつくものをとお持ちになられたのです。花琳様が甘いものがお好きと聞いた奥方様がそれでは、と花琳様のために腕を振るってくださったのですよ。ただ……そのことは黙っておいてほしいとおっしゃられましたので、先ほどはあのように申し上げましたが」

それを聞いた花琳は目を大きく見開いた。

「そう……そうだったの」

気落ちしていた自分のことを気にかけてくれていた人たちがここにもいた。そしてよけいな気を遣わせてしまったらしい。申し訳ない気持ちになってしょげた花琳に白慧が「花琳様」と声をかける。

「ごめんなさい。私、すっかり周りの人たちを心配させてしまっていたのね」

「気になさることはありませんよ。でも、みなさんはお元気な花琳様でいてほしいと思っているのですから、これを召し上がって元気な花琳様にお戻りなさいませ」

「ええ、そうね。……すごくおいしい。文選様と奥方様にお礼を申し上げなければね」

「そうですね」

文選や文選の奥方である翠玲（すいれい）、そして牢にいる紫蘭にまで気にかけてもらえていた。たかが自分の些細（ささい）な不満でこんなにも迷惑をかけてしまったと花琳は改めて反省する。

翠玲の糕のやさしい甘さがじんわりと広がり、花琳の身体も心も満たしていくようだった。

だが、それと同時に、先ほどの白慧の態度が頭の隅にこびりついてもいた。なんとなく嫌な予感がする、と思ったが気のせいだと忘れることにした。

第二章

花琳、悲しみに打ちひしがれる

数日後の一段と冷え込んだ日の朝のこと——。

「白慧、白慧、どこ？」

花琳は朝餉もとらずに、李花宮の外へ飛び出していた。

いつもいるはずの白慧の姿がどこにも見えなかったからだ。

昨夜は花琳が床につくまで白慧はなにか書き物をしていた。最近、白慧は持ち前の優れた洞察力や、文官としての才覚を買われ、また、冰にいたときに得た武器流通についての知識も持っていることから、文選の仕事もいくらか手伝っているようだった。そのため時間ができると机に向かっていた。花琳もできるだけ邪魔しないようにと、声もかけずに床についたのだが、今朝になって秋菊が慌てたように花琳を起こしに来て、白慧がいなくなっていることを知ったのだ。

白慧が花琳に黙っていなくなることなど、いまだかつて一度もない。

むろん、白慧は四六時中花琳と一緒にいるわけではないから、冰にいたときも王宮の用事を命じられるなどして留守にしたこともあるし、急用で花琳と顔を合わせる間もなく出かけたこともある。

だがそんなときでさえ、一度たりとも花琳に言伝を残さなかったことなどない。花琳が覚えている限り一度もだ。

秋菊は「きっとなにかよんどころない用事で、お出かけなさったのですわ。ですからすぐに戻るに決まっていますす」と花琳を安心させるように言ったが、花琳はそうは思わなかった。

(なんだか……胸騒ぎがするんだもの……)

漠然とではあるが、ここ数日、白慧の様子が少しおかしかったような気がしていた。

秋菊はその違和感に気づいてはいないようだったが、花琳は違う。なにしろ自分が生まれたときから、白慧とはともにいたのである。白慧が花琳のことをよくわかっているように、花琳も白慧のことをよくわかっている。

その白慧が、このところときどき上の空だったり、ぼんやりと考え事をしていたりすることが多くなった。

(婚儀の支度で忙しいせいかと思っていたけど……)

李花宮の中は隅から隅まで捜し尽くした。もしや疲れて倒れてしまっているのでは、とも思ったのだが、どこにもいなかった。

そして今、こうして秋菊と手分けして後宮内を走り回っているのである。

「白慧、お願い、返事をして……！」

はあはあと息を切らし、花琳は身体が冷えるのも構わずに、すべての心当たりを訪ね回った。だが、白慧の姿を見た者は一人として現れなかった。

「花琳様……！」

白慧が姿を消した知らせを受けた煌月が、すぐさま虞淵と文選を伴って花琳のもとを訪れた。

「煌月様……」

花琳は消沈しきった表情で煌月らを出迎える。

（白慧を見つけられなかった……本当は知らせたくなかったけれど……）

後宮中走り回っても、結局白慧を見つけることのできなかった花琳は、すぐに衛兵を通して、軍機処に控えているだろう虞淵に連絡をとってもらったのである。

ちょうど、と言っていいのかどうなのか、煌月はつい数刻ほど前に、十数日ぶりに黒檀山の植物採集から戻ってきたところで、虞淵から報告を聞いた煌月は取るものも取りあえずそのまま李花宮へと赴いたというわけであった。

「白慧殿が姿を消したというのは本当ですか」

煌月も信じられなかったのだろう。困惑したような表情を浮かべながら花琳に尋ねる。

花琳はこくりと力なく頷いた。

「書き置きなどはなかったのですね？」

これにも花琳は頷いた。隅から隅まで、それこそ塵ひとつに至るまで捜し尽くした。白慧の房も探したが、なにも出てこなかった。しかも、白慧は身の回りのものをすべて片づけていた。そのすっきりとした房を見て、花琳は白慧がもう二度と花琳の前に現れないのではないかとさらに不安に陥っていたのである。

「花琳様、なにか心当たりはないのか？　花琳様に黙っていなくなるってのはおかしいだろう？　あの白慧殿が」

花琳は小さく首を横に振った。

心当たりなど、あればとっくに捜している。なにもないから、こうしてなす術もなく立ち尽くしている。

「虞淵、そんなに花琳様に詰め寄るような口をきくものではないよ。白慧殿がおられなくなって、一番心を痛めているのは花琳様だ」

煌月は虞淵を睨めつけながら諫める。

「あ……そうだな。あまりに驚いたものだから……すまなかった」

「いえ……大丈夫ですから」

花琳は無理やり笑顔を作った。気を強く持っていないと、いろんなものが自分の中から溢(あふ)れ出てしまいそうになる。

「花琳様、無理をなさらずともよろしいですよ。秋菊からずっと後宮中を駆け回っていたと聞いております。白慧殿を捜すのは私たちにまかせていただいて、花琳様は少しお休みになられたほうがいい――さあ、椅子におかけになって」

花琳の手を取って煌月が椅子へと促す。煌月のやさしいその声に、花琳は今まで張り詰めていた心の糸がぷつりと切れたような気がした。

「煌月様……白慧が……白慧が……」

ぽろりと花琳の目から涙がこぼれる。

「ええ、ええ。わかっていますよ。白慧殿が姿を消してどんなに不安なことだったでしょう。――ここには私たちしかいませんからね、好きなだけ泣いて構いませんよ」

そう言いながら煌月は花琳に胸を貸す。煌月の手が花琳の背中をゆっくりと撫(な)でさすり、その温かさに花琳はわんわんと声を上げて泣き続けたのだった。

ようやく花琳の気持ちが落ち着くと、煌月は花琳へやさしく微笑(ほほえ)む。

「あ……り、がとう……ございま……した」

泣きじゃくっていたせいで声がうまく出ない花琳に煌月は「ゆっくりで大丈夫ですよ」

と声をかける。その声にまた安心して花琳はまだ残っていた涙の粒を指で拭った。

「落ち着かれましたか？」

花琳は頷く。

煌月は秋菊が用意した温かい茶を花琳へと手渡した。花琳はそれを一口飲む。温かい液体がじんわりと身体の中に染み渡っていき、花琳の心を解したのだった。

「白慧殿が行方をくらます前に、その……前触れのような……例えば白慧殿の様子がおかしかったとか……そういうことはありませんでしたか」

そう聞かれて、花琳は少し前に白慧が手紙を読んでいたことを思い出した。あのときの白慧の様子はなんとなくおかしかった。白慧にしてはどこか動揺したような、狼狽えていたような……そして、ごまかすような素振りを見せてはいなかったか。

あのとき、氷からの手紙だと白慧は言っていたが、本当にそうだったのだろうか。

今になって思い返すと――。

（やっぱり、あの手紙だったんだわ）

白慧の失踪はあの手紙がきっかけだったのではないか、と花琳は確信にも似た思いを抱く。

（私のバカ……！　あのとき白慧にちゃんと聞いていたら……）

ひどく後悔したが、今となってはもう遅い。

花琳は顔を上げ、「実は……」と煌月らに、白慧が手紙を今まで見たことのなかった表情で読んでいたこと、それからもときどきなにか考え込む素振りを見せていたことを話した。

「ふむ……なるほど。ではその手紙というのがきっかけだと花琳様はお考えなのですね」

「ええ、たぶん……それ以外に考えられないもの。あの日からなんとなく様子はおかしかったの」

「そうですか。その手紙がどういったものなのかわからないということですね」

「はい。あの日……私は紫蘭のところに出向いていたから……。手紙を受け取ったのは白慧だったし……白慧は婚儀のことって言っていたけど……」

花琳はなにか大事なことを忘れているような気がした。見落としていることがあるような、そんな気持ちの落ち着かなさを感じる。

それより、あのとき紫蘭のところに行かなければ、白慧がいなくなってしまうなどということはなかったかもしれない。

「花琳様」

名前を呼ばれて、花琳はハッと顔を上げた。そこには煌月の顔があった。

「ご自分を責めてはいけませんよ」

「でも……」

「白慧殿は、花琳様のことを一番に大切になさっています。その花琳様を一人置いて姿を隠したというのは、なにか理由があってのことでしょう。すぐにその手紙についても調べさせます。ですから、いったんお休みなさい」

「でも……！」

しかし、休めと言われてもはいそうですか、と素直に言うことをきくことはできなかった。なぜ白慧が自分のもとからいなくなってしまったのか、気になって仕方ない。煌月の言うとおり、白慧はいつだって花琳のことを考えてくれていたから、彼がなにも言わずに姿を消したことになんとなく裏切られたような気持ちになってしまっていた。

「……お気持ちはわかりますが、あまり思い詰めないほうが。暗いお顔は花琳様にはお似合いになりませんよ。あとは私たちが引き受けますから。ね？」

「はい……」

煌月の言うことはもっともだ。けれど、花琳には白慧がもうここへは戻らない覚悟で出ていったかもしれないという不安がある。なにも考えることができなくなり、ただ俯くしかできなかった。

さらに数日後のその日、李花宮は剣呑(けんのん)とした空気に包まれていた。

というのも――。

「白慧はそんなことをするような人間ではありません！」

花琳は大きく声を張り上げた。

それもそのはずで、今、目の前にいる煌月から聞いた話は花琳を憤らせるのに十分だったからである。

白慧が失踪してから七日ほどが経っているが、捜索の手を広げても彼はまだ見つかってはいなかった。そして現在、単に宦官がひとり失踪したというだけの問題ではなくなっていた。

というのも、白慧が失踪した三日後、笙国の機密事項が漏れていることが判明したからである。

この笙という国は、巨大国家繹の属国という立場ながら、龍江という巨大河川を利用しての自由貿易が許されている貿易国であり、物資の流通を通じて利益を得ている。

繹に冊封されている笙には朝貢の義務があるが、繹への朝貢については、本来朝貢を行う国は相手国に対して貢物を献上し、朝貢を受けた国は貢物の数倍から数十倍の宝物を下賜するものである。しかしながら、笙の場合は下賜されるものはほとんどなく、繹への進貢のみといっていい。その代わりに自由貿易を許されているのである。

進貢を続けている限り、繹は笙へ手を出すことはないと思われていたのだが、最近、繹は笙の取引経路を横取りすることが多くなってきた。

特に近年、燃える石と呼ばれる石炭の需要が高まっている。石炭は従来の木炭や竹炭に比べ火力が非常に大きく、近頃力を入れだした鍛冶などでも欠かせなくなってきているものである。よって笙では独自の取引経路を確立していたのだが、一番の輸入国であった国からの取引高が例年に比べ落ち込んでいた。

そのため、新たな国と取引を結ぶことになっていたが、その契約がここにきて反故にされてしまった。というのも、繹が笙よりも好条件での取引をもちかけたためらしい。

笙国のこの取引については、秘密裏に進められており、周辺諸国のどの国にも明かすことはなかった。しかし蓋を開けてみれば、繹にしてやられたということだ。

また、取引だけでなく、繹との国境付近において不穏な動きが見られるとの報告があった。ちょうど国境付近の笙側の兵力を厚くするために笙の軍部は動いており、その情報も繹に漏れているのではという声が上がった。

どうやら間者がいるらしいということで、姿を消した白慧がその間者として疑われている、と文選が報告にやってきたのである。

「ええ、わかっております。白慧殿がそういうお人ではないのは私たちもよく知るところですから。ですが、そういった意見が上層部から出ていることをお伝えしなくては……この先、もしかしたら花琳様にもさらにご不快な思いをさせてしまうかもしれませんので、一応の心づもりをしていただけたら」

「わかりました。でも……なぜ、今になって白慧にそのような疑いが……」

そもそも文選の手伝いには時折出向くが、基本的に白慧は後宮から出ることがない。それに、この城には膨大な人間が働いている。間者というなら、白慧より他に怪しい者がいるのではないだろうか。

そう思いながら目の前の煌月にそう言うと、彼は一瞬息を詰めた。そうしてややしばらくなにかを考えるような素振りをした後、ゆっくりと口を開いた。

「花琳様、白慧殿の出自についてはご存じでいらっしゃいますか」

その言葉に花琳は虚を衝かれたように押し黙った。

（え……？）

煌月の表情から、白慧の出自になにかがあることはわかった。だが、思い返してみると、自分は白慧の過去についてはなにも知らない。なにしろ花琳が生まれたときから仕えていた白慧だ。側にいるのが当たり前すぎて、彼の生い立ちなど考えてみたこともなかった。

（そういえば……私……白慧のことなにも知らない……）

どこで生まれて、どんな経緯で宦官になったのか――白慧は過去の話は一切したことがないし、尋ねてもごまかされたことがある。周囲の者の噂話にも出てきたことはなかった。

「ご存じないようですね」

煌月の言葉に花琳は頷いた。

「だって白慧がどんな生まれでも、白慧は白慧だもの。私をいつも守り続けてくれていた大事な人……父上や母上よりもずっと長く、ずっと側にいたのよ。出自なんてどうでもいいことだわ」

「ええ、そうですね」

「でも……その白慧の出自になにかあるのね？　煌月様がそんなに言いにくそうにしてるってことは、そうなのでしょう？　私なら平気よ。どんなことでも受け止めるから教えて。お願い……！」

花琳はじっと煌月を見た。彼はひとつ息をつくと、なにかを振り切るように小さく首を横に振った。まだ彼の中でも花琳にすべてを話すかどうか迷っていたのだろう。振り切ったのは迷いだったのかもしれない。

「やはり花琳様はしっかりなさっている。わかりました。お話ししましょう。私の口からでなくとも、いずれどこからかお聞きになるでしょうし、それならば私からお話しするのが一番でしょう」

いいですね、と念を押され、花琳は大きく首を縦に振った。

「実は……白慧殿は。琪という国――この国は花琳様がまだお生まれになる前……二十年ほど前に滅んではいるのですが――その国の公子だったのです」

煌月の口から発せられた事実はなにより花琳を驚かせた。

「白慧が……⁉」

驚きはしたが、頭のどこかで花琳は納得していた。

白慧の教養の深さや、立ち居振る舞いに気品があったのは生来のものだったのだ。

公子だったというなら、なぜ氷の宦官に——？

自分の祖国である氷はその琪という国となにか関係があったのだろうか。一国の公子が宦官になるというのは、よほどのことがなければあり得ない。

それに——白慧は花琳に仕えることに対してどんな気持ちでいたのだろう。

高貴な生まれの者が見知らぬ者の下につき、それまでの生き方をすべて変えられてしまう——さほど大事にはされていなかったとはいえ、それでも温室の中でぬくぬくと育ってきた花琳には、想像すらできなかった。

（私は……毎日能天気に接していたけれど、もしかして白慧は辛かったのかしら……）

にわかに花琳の心に不安が押し寄せる。その不安は白慧が失踪したとわかったときとはまた別のものだった。

だが、琪の公子だったからといって、なぜ白慧が間者と疑われなければならないのか。

すると煌月は花琳の心の声を察したらしく「この話には続きがあります」と続けた。

「かつての琪と呼ばれた場所は今は繹の一部になっています。ですから、白慧殿の縁者は縲にいる可能性がないとはいえません。――要するに、白慧殿は縲と繋がっていると我が笙のお偉方は考えているのです」

「そんな……！　そんなこと絶対ないわ！　白慧は氷の人間よ。縲の者なんかじゃない。ましてや間者なわけないじゃない……！」

昔はどうだったか花琳は知ることはないが、花琳が知る限り、白慧は氷の人間として今まで生きてきた。花琳は白慧を侮辱されたような気持ちになり、再び憤りが込み上げる。

「花琳様のお気持ちはわかります。ですが、花琳様が以前に襲われたことがありましたね？　あれも紫蘭ではなく、実は白慧殿の仕業だったのでは、という声も上がりはじめていましてね……少々困っているところです」

煌月の言葉に花琳は絶句した。言葉を失っている花琳に煌月が「申し訳ありません」と謝った。

花琳はううん、と言いながら煌月を見た。

「……わかっているわ。……一度疑えば、なんでも悪く見えてくるものよね。白慧のことを知らない方が想像だけでおっしゃるのは仕方ないことだと思うけど――」

小言は言うが、献身的に花琳に尽くしてくれている白慧のことを花琳は信じていた。他の人間がなんと言おうとそれだけは変わらない。

白慧との思い出が去来する。

花琳は幼い頃、母であった妃嬪よりも位の高い妃嬪の大事な着物をうっかり汚してしまったことがあった。そのときも白慧は花琳を庇い、代わりに罰を受けたのである。

(それだけじゃない。……姉上の意地悪で私が閉じ込められたときだって、真っ先に助け出しに来てくれた……いつだって白慧は私の側にいたわ)

そんな白慧が自分を裏切るはずがない。

「私は白慧を信じてます。白慧はそんなことしない……!」

強い口調でそう言い切る。誰を敵に回しても私だけは白慧の味方だ、と強く思いながら。

その花琳の力強い言葉に煌月も大きく頷いた。

「わかりました。我々も信じてはいますが、なにしろ付き合いは短い。ですが、ずっとお側にいた花琳様がそうおっしゃるのでしたら、そうなのでしょう。ですが、すべてを払拭するには、まずは白慧殿を捜し出さなければなりませんね。それまでは花琳様も気持ちをしっかりと持ってお過ごしください」

花琳が頷くと、煌月はふわりとやさしく微笑んだ。

だが、花琳が早く白慧を見つけてと願うのに反して、まったく彼の足取りは摑めず、それどころか事態はさらに悪くなっていく一方だった。

というのも、白慧を繹で見かけたという証言が上がり、煌月と文選に虞淵、そして劉己以外の重鎮はいよいよ白慧が繹の間者だと決めつけていった。

それだけでなく、疑いの目は花琳にまで向けられるようになる。

実は冰は繹と通じており、花琳は白慧を使って繹へ情報を流しているという根も葉もない噂がまかりとおっているらしい。

さすがにそれは荒唐無稽な妄想だと煌月は一蹴したそうだが、白慧が見つかるまでは花琳も野放しにしておくわけにいかないと、厳重に見張りがつくようになってしまっていた。

「……ったく、うっとうしいったらないわね」

李花宮の周りを女性の衛兵がうろつき回り、一歩外に出れば、張りつくようについて回る。たまには御花園でも散歩しようかしら、と思っても、無粋な輩がじろじろと花琳を睨めつけながら後をつけてくるのだ。

あまりの目つきの悪さに、風狼は花琳の側から離れず、しきりに「ウゥ……」と唸り声を上げている。彼もきっと警戒しているのだろう。

「この前読んだ『百界香』にも、冤罪をかけられた姫が軟禁される描写があったけど、まさしくそれよね。想像するだけでもうっとうしいと思っていたけれど、実際つけ回されるとこんなにうっとうしいものなんだわ。あー、もう、どうにかならないの……！」

花琳は大きく溜息をついて、頭を抱えた。しかし、これくらいのことでめげてなんかいられない。

白慧が縲の間者であるという疑いをかけられたときには気が動転してしまい、花琳も落ち込んでしまっていたが、日が経つにつれ、やはり白慧がそんなことをするはずがないという思いがむくむくと頭をもたげていた。

（こんなことでへこたれているわけにはいかないわ……！）

いつもの前向きな自分に戻って、誰も解決できないというなら自分がやってみせる、と顔を上げた。

「ちょっと、そこの衛兵さん。私は逃げないわよ。ついてくるのは勝手だけれど、せめて見えないところにいてくれないかしら。まったく風情がないったら！　せっかくのきれいな景色が台無しよ」

後をつけてくる衛兵に聞こえよがしに花琳は口にした。花琳の隣を歩く秋菊も苦笑いをしている。

「まだ見つからないのですね……白慧様はどこにいらっしゃるのでしょうか」

はじめはすぐに戻ると花琳を励ましてくれていた秋菊も、そろそろ不安を隠しきれなくなっているようだった。

「白慧様は氷のお方ですし、筌の地理にはそうお詳しくないと思いますのに、ここまで見つからないとは……もう筌をお出になられているのでしょうか」

秋菊の言葉に花琳はなにか引っかかるものを感じた。花琳がはじめてこの国にやってきたとき、白慧と自分は——。

「………………」

花琳はふと考えた。ひとつ手がかりになりそうなところを思い出したのだ。

哥の街……蓬萊街を抜けて……。

「もしかしたら……」

そこならば、宮廷を抜け出した白慧が立ち寄っているかもしれない。

「秋菊！　作戦会議よ！　李花宮に戻るわ。行くわよ、風狼」

花琳は思い立ったように声を上げ、風狼も返事をするように「ワンッ」と威勢よく鳴いた。ただ、秋菊だけはぽかんとした顔をしている。

「えっ？　作戦会議とは……？　花琳様？」

いきなり作戦会議などと言われて、戸惑う秋菊に花琳は「いいから、早く」と急かす。

「えっ、えっ、花琳様……！　待ってください……！」

いきなり駆けだした花琳を秋菊が慌てて追いかける。

花琳の頭の中はこれからのことでいっぱいだ。

自分が白慧を捜す、と花琳は決意した。

そのためには、なんとか見張りの目をかいくぐってこの後宮を脱出しなければならない。

だが、煌月に今思いついたことを言えば、きっと止められてしまうだろう。

(白慧は冰の人間よ。だったら冰の公主の私が捜し出すべきだわ)

花琳は急くように李花宮へ向かった。


「いいこと、秋菊。誰がここに来ても、私は失意に打ちひしがれて寝込んでいる、そういうふうに言って絶対に房には入れないで。虞淵様や文選様はもちろん、たとえ煌月様がいらっしゃっても、絶対によ」

花琳は次の日の夜、秋菊にそう言った。

だが、秋菊はおろおろと不安そうに花琳を見る。

「あの……本当に大丈夫でしょうか……煌月様に嘘をつくなんて……」

「それは……。ちょっと気が咎めるけど……。でも背に腹はかえられないわ。たぶん煌月様はお忙しいから、きっとしばらくはいらっしゃらないと思うの。他の衛兵なら絶対ごまかしがきくわ。だから、ね、お願い」

花琳は秋菊を説得した。

これから花琳は風狼を連れて、この後宮を抜け出すと決めた。一晩考えて策を練っていたのである。

そのために秋菊の衣裳を借りて着替えてもいた。宮女に変装し、花琳からの急用と言って軍機処に取り次いでもらう隙を狙い、出ていく算段だ。いざとなったら衛兵は風狼に邪魔をしてもらえばいい。

「それじゃあ、そろそろ行くわね。風狼、ついてらっしゃい」

そう言って花琳が李花宮を出ようと扉を開けた。

するとそのとき――。

「花琳様、こんな夜更けにどちらにいらっしゃるのですか？」

なんということか、目の前にいたのは、煌月と虞淵だった。

「こ、煌月様……！」

意気揚々と、後宮脱出大作戦とばかりに力いっぱい意気込んで出かけようと思った出鼻を挫かれる。

「いっ、いえ……その……」

さしもの花琳もこれには驚いた。ずっとほったらかしだったくせに、よりによってこんなときに来るなんて、なんて間が悪いんだろう。

（もう、どうしてなのよ）

どう言い訳しようかと考えていると、煌月はにっこりと微笑み、花琳の前に立ち塞がる。

行く手を阻まれ、花琳は身体をこわばらせて立ち尽くした。

「よもや後宮を抜け出そうなどとお考えではありませんよね？」

それを聞いて花琳の目は一瞬泳ぐ。それを見逃さなかったとばかりに、煌月がずいっと前に出て花琳の着物に手をかけた。

「おや、お召し物が……それは秋菊のものではありませんか。まさか宮女ごっこというわけでもないのでしょう？」

さすがに煌月の目はごまかせないということだろう。花琳の思惑などすぐさま見透かされてしまう。

図星を指されて、「う……」と花琳は言葉に詰まる。

煌月は笑顔を浮かべているが、目は笑っておらず、その威圧感だけで肌がビリビリするように思えてしまう。いつものほほんとしていても、一国の王である。ただの笑顔で、畏怖を覚えるのははじめてだった。

だが、ここで怯(ひる)んではいけない。花琳は顔を上げて煌月を見据えた。

「……お願い。白慧を捜しに行かせて。よからぬ噂を立てられて、主(あるじ)である私が黙っているわけにはいかないでしょう？　だから見逃してください」

花琳の言葉に煌月はいつになく厳しい顔をする。こうしてここへやってきたのも、きっと業を煮やした花琳が、堪(こら)えきれずに動くだろうと察したからに違いない。

普段はふわふわとした浮き草のような人だが、本来とんでもなく頭の切れる人間だ。このくらいのことは想定の範囲だろう。

改めて煌月という人は怖い存在なのだと思い知らされる。きっと、自分は煌月の怒りを買うことだろう。それでも花琳は言わずにはいられなかった。

「なりません。今、花琳様が動いてしまえば、かえって状況が不利に傾く可能性がありますゆえ」

一刀両断、とばかりに煌月はぴしゃりと花琳の頼みをはねのける。その口調はひどく冷たいものだった。

「でも！」

「申し訳ありませんが、こればかりはいくら花琳様のお願いでも」

煌月は頑（かたく）なに首を縦に振らず、花琳の願いを拒んだ。いつもは穏やかな煌月の顔は厳しく、きっとどれだけ頼み続けても許さないだろうと花琳には思えた。けれど、諦めたくはない。

「煌月様のわからずや！　白慧は私の大事な人なの。その人がいなくなってしまったのよ。それにもう何日も経っていうのに、煌月様たちはちっとも見つけてくれやしないじゃない。行っちゃいけないって言うなら、早く白慧を捜してよ……！」

花琳は声を荒らげる。その声音から、花琳の焦燥感が伝わったのだろうか――あるいはまだ白慧を捜しきれていない負い目も含まれているのかもしれないが――煌月は厳しい表情をほどく。

「それは……申し訳ありません。ですが、手を尽くしていることはおわかりください」

「手を尽くしてくれていても見つからないのだから、私も捜すと言っているの。お願い、行かせてください」

花琳は必死に懇願した。だがそれでも煌月は首を縦に振ることはない。それどころか、目を瞑（つぶ）ってじっとなにかを考えているような素振りを見せ、花琳のことなどお構いなしのようでもあった。

「もういいわ！　煌月様になんか頼まない……！」

頭に血を上らせ、花琳は煌月の横をすり抜けようとした。が、煌月にぐいと腕を引かれる。

「お待ちなさい。闇雲に出ていかれても、すぐに見つかるようなものではありませんよ。それとも花琳様には心当たりでもあるというのですか」

引き留められ、またそう問われて花琳は答えに窮した。煌月に言っていいものかどうか迷ったのである。すると煌月は「あるのですね？」と顔を近づけ、詰め寄るように尋ねてくる。

ただでさえ、油断していると見とれてしまうほどの美形である。その顔が目の前に、至近距離にあるものだから、花琳もうっかり見とれてしまい、ぼうっとなってしまう。また、そんな思考力を奪われた状態で煌月に「あるのですね？」と尋ねられたら、頷くしかできなくなっていた。

「それはどこですか」

そう聞かれて、花琳はようやく自分が頷いたことに気づく。

（うう……私のバカ……！　つい頷いちゃったじゃない。それもこれも煌月様のお顔が美しすぎるのがいけないのだわ）

とんだ屁理屈だが、頷いたのは事実である。

しまった、と思ったときには煌月が「教えてください」とまたもや顔を近づけて聞いてきた。

（待って待って待って……！　そのお顔を近づけないで……！　またうっかり喋ってしまうじゃない……っ）

花琳にとってなによりの弱点は煌月である。その美貌はどんな自白剤も敵わないのであった。

「そっ、それは……その……」

花琳はどう答えようかしばし逡巡した。

すべて話して煌月たちだけに任せておくというのも、いささか悔しいものがあるし、自分でも白慧の足取りを確かめたいという思いがある。どう切り出すか、ここで間違ってはいけない。

そして、決心したように顔を上げ、煌月の顔を見据える。

「——はじめて笙へやってきたときに、白慧と一晩宿を借りたところです。白慧は自分の知人と言っていました。そこにもしかしたら立ち寄っているかもと」

果たしてうまくいくだろうかと、恐る恐る切り出す。

さっきはうっかり煌月の美貌にしてやられたが、今度こそはと気をしっかり持って。

「ありがとうございます。それで、どこのなんという者の家ですか」

それを聞いて煌月の表情も明るくなる。花琳の情報は大きな手がかりだ。すぐにでも向かわなければ、と隣に佇んでいる虞淵に向かって言い、虞淵も頷いていた。

「それが……白慧は江さんと呼んでいたし、私も江のおじさまと呼んでいたけれど、特別珍しいお名前でもないでしょう？」

「そうですね……江という名前はこの笙には溢れるほどいますから、それだけでは」

「それでね、場所なら、行けばわかるかと思うけど、どこと言われても。だって、私は哥の街はほとんど歩いたことはないのだもの」

そこまで言って花琳はにっこりと微笑んだ。

なにも嘘はついていない。あの家まで行く道順は覚えているが、哥という街をよく知らない花琳にとっては、どこをどのようにと説明することはできないからだ。

「ですから、私も一緒に連れていっていただけるなら、教えて差し上げられます」

その花琳の言葉に、煌月は一瞬鳩が豆鉄砲を食らったようなぽかんとした顔をした。まさか花琳がそう出てくるとは思っていなかったのだろう。

暗に連れていけ、と脅しているようなものだが、花琳はどうしても自分の手で白慧の行方を捜したかった。

あたりに一瞬、沈黙が訪れたが、その沈黙を破ったのは、虞淵の大笑いだった。

「あはははは！　これは一本取られたな、煌月。さすが花琳様だ。ただでは転ばないな」

その虞淵の言葉に煌月は、はあ、と大きな溜息をつく。

「まったくですよ。まさかそう来るとは思っていませんでしたね。いやはや、花琳様には負けました」

苦笑する煌月の顔を見て、花琳はにんまりと笑った。

どうやらうまくいったらしい。花琳は胸の裡で安堵する。

まったく……煌月相手にこんな心理戦、二度としたくないものだと思いながら。

「それで、どうなさいますか？　煌月様。私を伴っていただけますか？」

「――わかりました、花琳様。道案内をお願いできますか？　ただし、その白慧殿の知人とかいう方のところへ伺うだけですよ？　それ以上のことは我慢なさるとお約束してくださるなら」

「約束するわ！　約束します！　あっ……でも」

「でも？」

「あのね、帰りに書肆に寄ってもいいかしら。『月光美人』の二巻がもう出ているらしいの！　書肆に寄ったらあとは本当に我慢します……！　だって街に出られるなんてこんな機会そうそうないし……」

ダメで元々とばかりに、ちゃっかり自分の行きたいところを盛り込んだ花琳に、煌月はクックッ、とおかしそうに笑う。

「まったく、花琳様らしいというかなんというか。承知しました、なにもなければ書肆に寄ることにしましょう。でも、後はおとなしくしていてくださいね。なにか事件に巻き込まれないとも限りませんから」

煌月の言葉に花琳は大きく頷く。

花琳とてそのくらいはわきまえている。白慧のことで大変だというのに、自分の我が儘は不謹慎ではないかと思ったが、いつもどおりに振る舞おうと決めた。白慧がいたらきっと叱られていたのだろうけれど、今はその白慧がいない。寂しいな、と思いながら「わかっています。これ以上我が儘は言いません」と答えた。

「では、明朝、お迎えに参ります。今晩はゆっくりお休みくださいね」

煌月はそう言い置いて、虞淵と二人で立ち去った。

二人を見送る花琳の側に「クウン」と鳴きながら風狼が寄ってくる。

「風狼、明日は絶対白慧を見つけるわよ。いいわね」

そう言って、花琳は風狼の背をいつまでも撫でていた。


翌日――。

「えっと……そうそう、この乾物屋さんの角を曲がって……」

花琳は煌月と虞淵、それから文選に伴われ、哥の街を歩いていた。もちろん、風狼も一緒だ。動きやすい装いに、髪飾りも地味なものを選び、どこから見ても妃嬪というよりおきゃんな町娘である。

宮廷を出るにあたっては、まず文選の手引きで後宮からは女官のふりをして抜け出し、その後も煌月がいつも街へ抜け出すときの隠し通路を用いた。大の男三人に少女が一人に犬一匹というなんとも風変わりな一行ではあるが、気にせず歩いていく。

「あっ、ここよ！　そうそう。あの見事な細工の扉が目印だったわ。ここです、煌月様。こちらのお屋敷に寄せてもらったの」

花琳は一度来ただけの屋敷に他の三人を案内する。

どうやら迷わずに来られたようだ。

少し離れたところから見たその目印の扉から、ここは確かに一度訪問した屋敷だと確信する。実はなんとなく記憶に不安を覚えていたが、歩いてみると案外すんなりと屋敷まで行き着けて、胸を撫で下ろした。

「ほう、こちらですか。大きなお屋敷ですね」

ここは豪商などの邸宅が並ぶ高級住宅街にあたる場所なのだが、煌月の言うとおり、近隣の家々の中でも大きな部類に入るだろう見事な邸宅である。

以前訪れた際に聞いていたのは、この白慧の知り合いという江敬林（ごうけいりん）という者は、冰の出身ではあるが、長年笙で商いをしているのだという。花琳は詳しく知らないまま食事をご馳走（ちそう）になり一晩の宿を借りたが、主人がこれだけの邸宅を持つとなると、それなりの大店（おおだな）ということになるだろう。

「では」

そう言って文選が屋敷の門番に、花琳が屋敷の主人へ面会をしたい旨を伝える。すると門番はすぐさま主人のもとへ走った。

いくらも待たされないうちに、花琳が見たことのある剛健な壮年の男が現れた。

「これはこれは花琳様……！　ようこそお訪ねくださいました」

江という男は花琳の顔を見、そして連れの顔を見回してそう言った。彼の口ぶりは白慧はここには立ち寄っていない、と思わせるようで、花琳は少しがっかりする。

「江のおじさま、ご無沙汰しています。その節はお世話になりました。実は……その……」

どう説明していいのかと思いあぐねていると、横から文選が割って入る。こういう交渉ごとめいたものは彼が得意としているところである。

「私は劉(りゅう)文選と申す者。江殿はこちらの花琳様から白慧殿の知人と伺っておる。そのことで少々お尋ねしたいことがあって参った。急な面会で申し訳ないが、話をさせていただけないだろうか」

劉文選と聞いて、江の目が丸くなった。

「劉文選様とおっしゃいますと、もしかしてあの劉尚書(しょうしょ)でございますか」

丞相の劉己はつとに有名であるが、息子の文選も次の丞相になるのではということで、こちらも実はそれなりに有名なのである。つい先日、最年少で尚書の位に就いたばかりで噂になっていた。それを知らない花琳はぽかんとしている。

だが、文選で驚いてはいけない。ここには虞淵という将軍とそしてなんといっても煌月――笙王がいるのである。

きっと、それを知ったらこの江は今よりも目を大きく見開くことだろう。

「あの、と言われるほどではないと思うが、吏部(りぶ)尚書の劉には間違いない。私だけではなく、煌月陛下もおられるゆえ、すまぬが中に入れてくれぬか」

文選が声を潜めてそう江に耳打ちすると、江は大袈裟に後ろにのけぞり、目が飛び出るのではないかと思うほどものすごく大きく見開く。

「こっ、これは大変失礼なことを……！　ささ、中へ」

上擦った声でそう言いながら、江は花琳らを屋敷の中に案内した。

落ち着いた、しかしよいものをふんだんに使用している趣味のいい屋敷である。文選が珍しくあたりに目をやりながら、感心したように小さく頷いていた。

繊細な細工が施された紫檀の大きな卓子へ「どうぞ」と促し、江は茶を振る舞う。

高級な茶葉を使用しているのか、出された茶はとても香りがいい。やわらかな花のような香りのする茶を花琳はひと口含み、満足そうに微笑んだ。

「茶を気に入っていただけたようでなによりです。この茶は南方から特別に取り寄せている茶でして、私の自慢の茶なんですよ」

そう言いながら、江自身も「失礼します」と断りを入れて、席に着いた。

「無理を言ってすまない。急を要することゆえ、押しかけてしまった」

「いえいえ、とんでもないことでございます。改めまして、私は江敬林と申します。笙で少しばかり武器を商っておりまして、花琳様の侍従である白慧殿とは旧知の仲になります。それより、まさか陛下がご一緒とは……そうしますと、そちらが汪虞淵将軍」

江は虞淵のほうを見ながらそう言い、虞淵は「いかにも」と答える。虞淵が煌月の側近であることはよく知られてはいるのだが、だからといって、こうして市中に繰り出すときまで供をするとは普通想像しがたいのではないか。それをあっさりと、虞淵の正体を言い当ててしまうなど、江という男は白慧の知人だけあって、かなり鋭い男のようだ。

「花琳様は後宮入りなさったと伺っておりましたから、まさかまたお見えになるとは思っておりませんでしたし——もうお会いすることもないと思っていましたからお目にかかれてうれしいです。おそらく白慧殿のことで私をお訪ねになられたのでしょう」

やはり頭が切れる男らしい。一気に核心をついてきた。

江がそう切り出したことで、話が早くなる。皆は顔を見合わせ頷き合う。

「江のおじさま、白慧が姿を消してしまったのご存じだったのね……。この筐で白慧の知り合いというのはおじさましか心当たりがなくて伺ったのだけど……。では白慧はやっぱりここにやってきたのね？」

花琳の問いかけに、江は大きく頷いた。

「ええ、いらっしゃいました」

「いつ？」

「半月は前でしたでしょうか。ふらりと立ち寄って、二日ばかりこちらにいましたが、どこに行くとも言わずに出ていきました」

「それだけ？　本当にどこに行くとか、いつ帰るとか聞いていませんか？」

その花琳の問いに江は首を横に振った。

「いえ、なにも」

「心当たりはありませんか。白慧が行きそうなところとか。白慧はおじさまが古い友人と言っていたわ。おじさまだけが手がかりなの」

半ば涙声で花琳が尋ねる。だが「申し訳ありません」と江は言うだけだ。

「ただ、少し様子はいつもと違ってはいましたね。ちょうど私は忙しくて、白慧殿とほとんど話すことはなかったものですから、それ以上は。様子がおかしいと気づきつつ、なにもしないでおりましたが、こうして皆様がいらしたことであの方になにかあったのだとやっと気づいた次第です」

江がそう言うと、煌月がすぐさま問いかけた。

「失礼ながら、江殿は白慧殿とはどういうお知り合いでいらっしゃるのか」

そういえば、花琳も江と白慧がどんな知り合いかきちんとは知らない。深く考えてみたことがなかったが、なぜ笙にいる江と、冰で花琳に仕えていた白慧は知り合いなのだろう。

すると江はじっと花琳の顔を見つめた。

「私も冰の出身なのですが——花琳様は、白慧殿の生まれをご存じですか」

「ええ……琪という国の公子だったとか」

「はい、そのとおりです。……ご存じならすべてお話しいたしましょう」

実は、と江が切り出した話は思いがけないものだった。

白慧は多くいる琪の公子のうちのひとりであったが、彼の母親の位がそれほど高くなかったことでさして目立った存在ではなかった。

二十年前に起きた、琪王家襲撃の騒乱の際、乳母が機転を利かせ、当時五歳だった白慧を連れて、乳母の出身である氷へ逃げ延びたのだという。

「その乳母というのが私の姉でしてね。しばらくの間、私の家で白慧殿は暮らしていたんですよ」

そうなのか、と花琳は江と白慧の繋がりを理解した。江は続ける。

「こう言ってはなんですが、うちは氷の貴族と縁続きでしたから、姉が連れ帰った白慧殿を遠縁の貴族の家に預けることにしたんですよ。滅びたといっても一国の公子様でしたから。うちはそれなりの大店ではありましたが、商家よりも名のある家のほうがよいと思ったのでしょう」

白慧はその後貴族の養子となり、そして自ら宦官となることを望んだ。

「宦官になることを決めた背景には、氷への忠誠と……またいつ自分の立場が利用されるかわからないと思ったからでしょうね。宦官になれば、そうそう外部から手出しはできなくなりますから」

聡い白慧は自分が公子だったことで、周囲に及ぼす影響を考えたのかもしれない。いずれにしても氷への忠誠を自らを差し出して示したらしい。

白慧以外の他の公子たちはその騒乱の際に亡くなったり、また生き残った者も流刑になったりしたという。流刑になった公子の行方はわからず、生きているか死んでいるかも不明らしい。

「明らかに生きているのがわかっているのは、私の知る限りは白慧だけでした」

苦労したのですよ、と江はしみじみと言う。

それを聞きながら、花琳は納得していた。あの白慧のいつもの冷静沈着さは、持ち前の聡明さと環境が形作ったものなのだ。常に感情を抑えていないと、生き残っていけなかったのかもしれない。

「……白慧は……それでよかったのかしら。公子様だったのに、私に仕えて不満はなかったのかな……」

花琳はぽつりと漏らす。白慧の半生がそんなに波乱に満ちたものだと今の今までまったく知ることもなかった。自分のような者と共にいて、後悔はなかったのだろうか。

「なにをおっしゃいますか。あの方は花琳様に仕えることができて、とても幸せだと思っていますよ。以前お二人でここにいらしたときに、そう言っていましたからね。きっと花琳様の明るさに救われていたのだと思います。花琳様が王后様になられることをたいそう喜んでおりましてね。本当に花琳様のことを一番に考えているのですよ」

江がそう言うと、横から煌月が口を挟んだ。

「江殿のおっしゃるとおりですよ。それは誰よりも花琳様がご存じでしょう」

にっこりと笑う煌月に花琳はほっとしたように微笑んだ。

「そういえば」

江が思い出した、というように切り出した。

「あの日——白慧殿が立ち寄ったときのことですが、気になることがありました」

「気になることって……?」

花琳は食いつくように身を乗り出して江に聞く。

江は「あの夜ですが」と口を開き、そのときの様子を語った。

白慧が訪ねてきたのは夜も更けていた頃だそうだが、その夜、彼は寝ずに明け方まで起きていたらしい。夜明け前に出かける予定だった江がそれに気づき、どうしたのだと声をかけようとしたのだが、結局できなかった。というのも、白慧は泣きながら耀兄(ようけい)と名を呼びながらすすり泣いており、とても話しかけられる雰囲気ではなかったという。

「耀兄?」

花琳は聞き返す。頭の中になにかが浮かんでいるのだが、それをはっきりと摑めない。もどかしい思いに駆られた。

「はい。おそらく……耀輝という兄の名を呼んでいたのかと」

「耀輝——」

その名前を聞いたとき、花琳はハッとした。

白慧宛に届いた手紙を花琳が拾い上げたときに、その名前が一瞬目に入った。あのときはすぐさま白慧に手紙を奪われてしまったから、はっきりとは覚えていなかったが、確かそんな名前ではなかったか。

「花琳様、どうかなさいましたか」

「——あのね、白慧のところに手紙が来たと言ったでしょう？ その手紙にそんな名前が書いてあったと思って。どんな字を書かれるの？」

花琳がそう言うと、江は驚いたような顔をした。そうして、紙と筆を持ってきて、「耀輝」とその名前を記す。

「ああ、そうよ、このお名前だったわ」

すると江はふうむ、と唸った。

「では花琳様がご覧になったのは耀輝様からの手紙だったのかもしれませんね。それが確かなら……白慧はいてもたってもいられなかったことでしょう」

「江殿、その耀輝という人物が白慧殿の兄上ということですか」

一人で納得している江に、文選が尋ねる。

「ああ……すみません。ええ、耀輝様というのは——」

江の話によると、それは流刑となった白慧の兄の名であるという。流刑になった後の消息は不明で、すでに亡くなっているだろうと思われていた。

「なるほど。ですが……兄上の名で白慧殿のところに手紙が来たというなら、耀輝様は生きておられるのでしょうな。とすれば、やはり白慧殿は、その名前の主である兄上に会いに行ったと考えるのが妥当かもしれません。あるいは手紙で呼び出されたということも」

白慧にしてみれば、死んでいるかもしれないと思っていた兄が生きているなら会いたいと思ったのかもしれない。

「でも、だったらなぜ相談してくれなかったの。白慧が行きたいというなら、けっして止めやしなかったわ」

黙っていなくなるなんて、と花琳はしょげ返った。すると煌月はやさしく花琳の肩を抱く。

「白慧殿にもなにかご事情があったのでしょう。あの方は絶対に花琳様の利益にならないことはなさいません。相談して花琳様にご迷惑になることを恐れたのでしょう」

「……そうね」

あえて花琳に言わずに出ていったということは、花琳に言えない事情があったのだろう。

長年一緒にいてそれを話してくれなかったことには寂しさを感じたが、白慧はそういう人だ。

「これで手がかりは摑めましたし、白慧殿は必ずお捜しいたします。これは約束ですよ、花琳様。ですから花琳様は李花宮にお戻りなさいませ。後は私たちにおまかせください」

煌月は花琳にそう諭した。

「わかりました……白慧が私を嫌いになっていなくなったわけじゃなかったようだから、それだけわかれば……でも白慧はまた戻ってきてくれるかしら」

「お戻りになりますよ。言ったでしょう？　白慧殿はなにより花琳様のことが一番大事なのですから、きっと必ず」

煌月に慰められて花琳は「そうね」と頷いた。

第三章 煌月、奇病の謎は解くも、恋心という難題に頭を抱える

花琳(ふぁりん)が江敬林(ごうけいりん)のもとを訪れて数日が経ったある日、その日はこの冬一番の寒波が笙(しょう)の国のみならず大陸を襲っていた。

この寒波による大雪で、他国との往来は困難になっていると報告があり、交易にも影響が出ており、城内は対応に追われている。さすがの煌月(こうげつ)もこの大雪では出歩くこともできず、溜まっていた仕事を片づけていた。

「いやはや、この雪はいつまで降るのでしょうな」

厚着をした劉己(りゅうき)がそれでも寒いとばかりに、ぶるぶると震えながら煌月にぼやく。

「まあ、そうぼやくな。北からの風はそろそろ収まったと聞く。あと数日もしたら空も雪を降らせるのをやめるだろうね」

「はあ……もうしばらくは我慢しなければならないのですね……まったくこの寒さときたら、年寄りには骨身にしみるのですよ。炭炉にくべる炭もバカにならないというのに。それに例年より、炭の消費量が増えておりますゆえ、炭不足にでもなったらことでございま

すよ」

「確かにそうだな。炭の動向にも目を配っておかねばな。石炭のあてが外れてしまったゆえ、よけいに木炭や竹炭の需要が増えることだろう。取り急ぎ、炭焼きには高値でも買い取る旨のふれを。助成金も出したほうがよいかもしれぬな。市場価格の高騰を防がねば。手配を頼む」

承知いたしました、と劉己が返事をしたときである。

「煌月、いるか」

慌てた様子で文選が執務室へと入ってきた。

「なんだ、文選。そんなに慌てて」

父親でもある劉己が眉間に皺を寄せて文選のほうへ目をやる。厳しい態度をとったつもりであるが、厚着で着ぶくれしているので、どこか滑稽に映る。そのためほとんど威圧感はなかった。

「慌てたくもなりますよ。また奇病で亡くなる者が現れたのですから」

文選がまた、と言ったのは、花琳がはじめてここへやってきたときに出くわした奇病のことがあってのことだろう。その奇病というのは黒麦の毒によって踊り続けるようにして身体を動かした後に死亡するという痛ましい病であり、元々花琳との縁談が進められていた隣国・喬の王太子もその病で急逝した。

縁というのはまことに奇妙なもので、本来喬に嫁ぐ予定であった花琳は今はここにいて、そして春には煌月との婚儀を控えているのだから。

「奇病？　まさか黒麦がまた出たというのか」

「いや、そうではない。黒麦についてはしっかり監視させているから問題はないはずだ。それに奇病が出たのは黒檀山に連なる山の麓の村で、老人が立ち上がったとたんに骨を折る事例が頻発した。だがそれだけでなく、饅頭を持ち上げただけで指の骨が折れることもあったそうだ。他にも発熱や下痢、あとは咳が止まらなくなって、咳をしただけであばらが折れ、その骨が心の臓を貫いたこともあったらしい」

その凄まじい様子を説明するのに、文選は苦々しい顔をした。想像するだけであまりにも痛々しいと煌月も感じる。

だが、それと同時に、その話は煌月の興味を引いた。

「なるほど、黒麦とは異なるようだな」

奇病による死者が多く現れた地域は、山からの清流があり、また土地が肥沃だということでここ十数年の間住む人間が増加しており、農業が盛んだという。

しかし、半年ほど前から熱に侵される者が増えてきたらしい。はじめは単なる流行病と思っていたようだが、今し方文選が話をしたように、老人や幼児に骨折が多く見られるようになり、それが元で命を落とす者が多くなったという。

「骨が脆(もろ)くなっているのだろうか……確かに奇病だな」

「すぐにでも、探りの者を向かわせたほうがいいと思うのだが。放っておくと、黒麦のようになりかねない。あのときは被害が甚大なものになる前になんとか防ぐことができたが、今回もうまくいくとは限らぬ。打てる手は打っておくべきと考えるがいかがか」

「おぬしの言うとおりだな。わかった。手配を頼む」

煌月の言葉に文選はにやりと笑った。

「そう言ってくれると思って、ここに来る前に早速向かわせている」

それを聞いて煌月は、ははは、と笑った。

「まったく手回しのいいことだ。優秀な部下を持ったおかげで、私がいくらぼんくらでもいいわけだ」

煌月の茶化した物言いに文選も応酬する。

「こちらも主上(おかみ)がぼんくらと悟られないように必死でね」

またしてもにやりと笑ってそう言った。

「ひどいな」

煌月と文選は顔を合わせて笑い合った。

雪はさらに二日ほど降り続き、その雪がようやくやんだとき、煌月のもとに文選が送り込んだ密偵が死んだとの報が届けられた。

この雪のせいでという者もいたが、遺体は明らかに他殺によるものであったという。山賊に襲われたふうを装っていたが、遺体を調べた者はそうではないと断言した。

というのも、大剣による切創を演出していたものの、致命傷は切創の下にあった矢傷だということを見抜いたためである。わざわざ矢傷の上に切創をかぶせることを山賊がするはずがない。この密偵の死の裏にはなにかがある、と煌月は察した。

そこで煌月は虞淵を伴い、件の村に出かけることにした。奇病というなら、煌月の医術についての知識が必要になると考え、劉己も文選もしぶしぶ送り出すことにしたのである。

「——で、黙って出てきたので花琳様は拗ねている……と」

虞淵が呆れたように煌月を見た。

「どうやらそうらしい。しまったとは思ったのだが、出発は早いほうがいいと急いで出てきたから、花琳様にお伝えするのを忘れてしまったというわけだ」

煌月は苦笑いを浮かべる。

「それはまずかっただろうよ。花琳様はおまえの変人ぶりにもたいした理解を示しているが、さすがにそろそろ愛想を尽かされちまうかもしれないな」

煌月と虞淵の二人で出立した後に、花琳が不機嫌であるとの文選からの伝言を、追ってきた伝令から聞かされたのである。

「……それは困る」

珍しく煌月が沈んだ顔をした。

「だいたいおまえは花琳様に、少しは愛の言葉を囁くとか態度を示すとかしてるのか。見ていると、どうもそんな気配はなさそうなんだが。——いや、まあ、朴念仁のおまえでもそのくらいはしているか」

ははは、と笑いながら言う虞淵の言葉を煌月は理解できず、きょとんとした。その顔を見て、虞淵は笑うのをやめ、ぎょっとしたように表情を変える。

「おいおい、なんて顔してんだ。まさかなにも言ってないなんてこと……」

「ふむ。言ったことはないな。婚儀も決まっているのに、それは必要なのか」

なんの疑問も持っていないというように、きっぱりとした口ぶりの煌月に虞淵は頭を抱えた。

常々煌月は色恋沙汰に疎いと思っていたが、これほどとは。虞淵も他から大概鈍いと言われるが、まさか自分など問題にならないほどとは思っていなかったらしい。

「煌月……おまえ……」

「ん？」

「いや、そりゃあ花琳様が不機嫌になるわけだ。婚儀が決まってからほったらかしっててのはさすがにあの子が可哀想だろうが。思い出して見ろ、花琳様の愛読書を」

「愛読書がどうかしたのか」

言われている意味がわからず、煌月は首をひねった。すると虞淵はお手上げだとばかりに両手を上げ、天を仰ぐ。

「あのなあ、あの子の愛読書ってのが恋愛物語だと言っていたのはおまえだぞ。俺も花琳様に読めと言われて、一度読ませてもらったことがあるが、歯の浮くような気障な言葉がちりばめられていて、恥ずかしくて目を覆ってしまった。だがな、確かに若い女性ならば、ああいうふうに甘い言葉を囁かれたいと夢見るんだろう？」

虞淵の言葉に煌月は「なるほど」と手をひとつ打った。そんな煌月に構わずといったように、虞淵は話を続ける。

「いいか、そんな物語を好んでいる花琳様だ。きっとおまえからの甘い言葉を望んでいたに違いない。なのに、なにも言ってやらない上、留守がちにしていてろくに会いに行ってもいない。――だいたい、この前も山に植物採集に出かけていって、全然連絡を取らなかったそうじゃないか。挙げ句に今回も黙って城を出てきたとあれば、いくら花琳様がおまえのことを理解していたとしても、不機嫌になるのも仕方ないだろう。違うか」

まくし立てるように言いながら、じろりと虞淵が煌月を横目で睨めつけた。

「…………」

煌月は黙りこくった。

ぐうの音も出ない。すべて虞淵の言うとおりだったからだ。

そういえば、忙しかったせいもあるが、婚儀が決まったのをいいことに、花琳のいる李花宮へも必要最低限しか赴いていない。

以前は他愛ない話をたくさんしていた。夜に御花園で待ち合わせをして……なのに、最近では会話する機会もめっきり減った。

一度「おいしいお茶があるの。もう少しゆっくりなさいませんか」と引き留められたことがある。あのときは――。

（そうだ、あのときは黒檀山へ出向く直前で……）

自分の都合で急くように李花宮を後にしたのだった。黒檀山に自生する植物の採取時期がごく短く、出立を焦っていたからなのだが、そんなことは花琳にとってはまったく関係ないことである。あのとき花琳はいったいどんな気持ちでいたのだろう。

お忙しいのでしたら仕方ないですね、とそれ以上引き留められなかったが、あのときの彼女の表情はどうだったのか、思い出せないでいた。

（花琳様は……私が持参していた菓子に喜んでいたから、不満はないものだと思い込んでいたが、そもそも花琳様というお人はとてもやさしい方だ……）

花琳は第三公主という立場のせいか、人の機微を捉えるのに長けている。のびやかで天真爛漫な表の顔とまた違う繊細さが彼女の中にはあるのだ。いつでも人を気遣い、心に寄り添うことができる——だから、自分も彼女に心を動かされた。

花琳がいつも自分へ笑顔を見せてくれていたのをいいことに、その笑顔に甘えていたのではなかったか。

反論もできずにいると、虞淵は調子に乗ったように口を開く。だが、「おまえちょっと調子に乗りすぎだ」とも言えずに煌月は虞淵の言葉に耳を傾ける。

「おまえは女心というのを知らないにもほどがある。おまけに、おまえさんは他に寵姫も持たず、たったひとり花琳様と添い遂げることを決めたのだろう？　その相手をないがしろにして、黙って出かけるなど、とんでもない。おまえはあの子が泣くところを見たいのか。これじゃあ、泣いてもおかしくないぞ」

さらに懇々と説教する虞淵はどこか得意げだ。女性にいつも振られてばかりだからなのか、そういう女性の心理はよくわかっているらしい。いや、わかっていないからいつも振られるのだろうが、それでも自分より詳しいのは確かだ、と煌月は納得した。

「花琳様が泣くのは見たくないな……」

しゅんと肩を落とす。

花琳の泣くところなど見たくはない。

彼女にはいつも笑っていてほしい。自分が彼女に惹かれたのはなによりあの明るい笑顔なのである。

そして、いまさらながら煌月は自分の行いを後悔しはじめていた。これまでそういうことには無縁だったから、というのは言い訳だろう。

「おまえの言うとおりだ……考えが及ばなかったとはいえ、申し訳ないことをした」

どうやったら花琳の怒りが解けるのかと悩んだものの、やってしまったことは取り返しがつかず、また、しばらく城に戻れないため、花琳に謝ることもできない。

「嫌われてしまっただろうか」

すっかりしょげ返った煌月を虞淵はくすりと笑う。

どうやら普段見たことのない煌月の様子がおかしいらしく、虞淵は少し楽しそうにしている。人の不幸が楽しいのか、といささか腹立たしい気持ちになりながらも言い返す元気も出ずにいた。

「まあ、戻ったら、きちんと気持ちを伝えることだな。そして花琳様に尽くせ」

自己嫌悪に陥り、しおしおとしている煌月の肩を虞淵は叩く。

「私にできることはなんでもするよ……。花琳様に嫌われるのだけは勘弁ですからね」

「ははは、さすがの煌月も花琳様には形なしだな。そういうところをきちんと見せてやれば花琳様もわかってくれるさ。いいか、甘い言葉だぞ。なんだったら花琳様の好きな書物でも差し入れてやれ。あ、その前に、まずはさっさと仕事を終わらせて早く花琳様のところに戻ってやるんだな。それが一番だ」

「そうですね。これ以上心証を悪くしたくありませんからね……」

　はあ、と大きく溜息をつきながら、煌月は珍しく項垂れたのだった。


　すっかり意気消沈していた煌月だったが、すぐに落ち込んでなどいられる状況ではなくなっていた。

　というのも、目的の村へたどり着いて、煌月は驚いた。

　夏湖村という名前のとおり、近くに湖があり、清流が流れる風光明媚な土地である。おそらく夏はさらにきれいな風景が広がるのだろう。

　本当にこの村が病に侵されているのか、と煌月も虞淵も思わず疑うほど、それほど一見きれいな村であった。

　村へは繹までの旅人を装って入ったのだが、村人の誰もが暗い表情をしていた。

「宿をお借りしたいのだが」と尋ねてみたが、村長に「申し訳ありません」と断られた。

　それは多くの村人が謎の病に侵されているため当然であり、それ自体を煌月は不思議に思うことはなかった。

　煌月が驚いたのは、その病の原因がまるで見当もつかなかったためである。

なにか違うことだけはわかるのだが、それがなにかということはわからない。ひととおり村内を巡ってみたが、村人は皆清潔にしており、とても疫病が流行るといった状態ではない。

また農作物も豊からしく、冬の蓄えもしっかりしている。食べるのに困るということもなさそうで、怪しいところは見られなかった。この村は小さいが川の側にあり、きれいな水も豊富にある。

だが、確かに病に伏せっている者が大勢おり、子どもらの泣き声が耳に響いていた。こんなにきれいな村なのに、痛々しい声が聞こえてくるという違和感——それが煌月には引っかかるものを覚える。

近隣の集落ではこの村が呪いにかかった、と噂して近寄ることもなくなったらしい。

高名な医師を呼び寄せてもみたが、どんな薬を用いても治癒することはなかったらしい。

そのためよけいに呪いのせいだ、と忌避されることになったという。

なるほど、と煌月は思った。おそらく普通の者であれば、この異様な状況を見て早々に立ち去るのだろう。

だがこのままにしておいてはいけないと煌月は直感的に悟った。とはいえ、果たしてなにを手がかりに進めればいいのかと首をひねる。

「わかったか？」

虞淵が煌月の側に寄ってそっと尋ねてくる。

「いや……それがわからないのだ。もう少し調べてみよう。それに……本当にこの村だけがこのような状況なのだろうか。周辺の集落などはどうなのだろう」

虞淵に答えながらも、その後なにか考えながらブツブツと独り言を言う。集中すると他の者の声が聞こえなくなり、周りもよく見えなくなる。虞淵はそんな煌月を理解しているため、苦笑しながら煌月の考え事の邪魔にならないようにしていた。

「汪将軍」

近くの集落を偵察していた伝令が戻ってきて、虞淵に声をかけた。

「おお。どうだった」

「はい、周辺の集落をいくつか回ってきましたが、特にはなにも。……奇病はこの村だけのようです」

そこに考え事を終えた煌月が割って入る。

「なるほど……虞淵、地図を」

その言葉で虞淵は懐から地図を取り出し、大きく開いた。

「見てきたのは、どのあたりだ」

煌月は伝令に声をかけると、彼は数ヶ所を指さした。

「ここととここ……それからこちらです。まだ立ち寄っていないのは、この村の西にある丹陵という湯治場になります。温泉がふんだんに湧き出ていることから、このあたりには湯治客がひっきりなしに訪れているらしく、かなり有名なところのようです。あとはこの湖の畔の集落も残っていますが」

どこもこの村からそう距離があるわけではなく、また近隣の村に比べておかしなこともない。

「そうか……。では、どういうことだ……」

呟くようにひとりごちながら煌月は考え込んだ。なにかわかりそうでわからないもやもやしたものが、頭の中で渦巻いている。

この村だけがなぜ奇妙な病に侵されているのか。

首をひねっていると、虞淵が声をかけてきた。

「煌月、ひとまず休息を取らぬか。こいつもあちこち走り回って、さすがにヘトヘトだろう」

虞淵の言うことももっともだ。いくら馬があるとはいえ、伝令は自分たちの数倍走り回っている。

「そうだな。――念のため、この村からは一度離れることにしよう。この村の食物も水も一切口にしてはいけない」

いくらきれいな水といっても、目に見えない小さな虫などがいるかもしれない。調査している者が罹患しては本末転倒だ。

あたりを見回すが、空気もきれいで傍から見てもなにも異常がないように感じる。それだけに、この状況は非常に異様だとも思えた。

煌月らは一度引き上げることにし、村を後にした。

先ほど伝令がこの先に湯治場があると言っていたことを思い出し、その温泉で休息をとろうと決め、すぐに向かった。

馬を走らせながら、煌月はあることに気づいた。

「ほう、ここで川が合流しているのだな」

煌月は馬を止めてあたりを見回した。

夏湖村から川をたどって進んできたが、下流へ向かうと別のほうから流れている川とぶつかってひとつの川となっていた。

「はい。村からの支流と、そしてあちら側に見える……あちらのもうひとつの支流は湯治場へ続いております」

伝令がそう説明した。彼はよく調べてきている。手間が省けてありがたかった。

湯治場へは、すぐそこにある橋を渡っていくことになるらしい。

「そうか。――日も落ちはじめている。先を急ごう」

煌月は再び馬を走らせ、虞淵と伝令もそれに倣った。

丹陵なる湯治場は良質な硫黄泉が有名とあって、宿屋や酒場も多く随分と賑わっていた。

その中のひとつに宿を取る。

「うちにも風呂はありますがね、誰でも入れる大きな浴場がいくつもあるんで、皆さんはしごなさいますよ。明るいうちは川沿いにも景色のいい浴場がありましてね。今はもうあたりも暗くて景色もよくわからないでしょうから、すぐ近くの一番大きなところがよいでしょうな」

宿屋の主人の勧めで、まずは一番大きな浴場で湯に浸かる。ここは繹との境が近いこともあって、繹からの湯治客も多いようだった。

その夜はゆっくりと身体を休め、次の日、煌月は早々に起き出した。虞淵と伝令はよほど疲れていたのかまだ寝入っていたため、二人を起こさずにひとりで宿の外に出る。

文選が一緒ならば、こうして煌月ひとりで出歩くと小言を言われるのだが、虞淵ならばそううるさくもない。周囲を観察がてら湯に浸かってこようと歩きはじめる。

早朝で人通りもないためか、いっそう硫黄の臭いが強く感じられた。

「ふむ。このあたりは火山だからな。いい温泉が出るのだろう。……宿の主が川沿いにも景色のいい浴場があると言っていたし、行ってみることにしよう」

ここの湯は切り傷や打ち身、また節々の痛みにもよく効くという。皮膚の病にもよい万病の湯と言われているらしい。

宿の主人の助言に従って、煌月は川沿いを歩きはじめた。

川はそれほど大きくはなく、また流れも急ではない。

「おや」

煌月は川から湧く湯気を見つけて、すぐ側まで足を向けた。よく見ると、ぼこぼこと川底から水の泡が湧いている。手をつけて確かめるとそれは湯であり、しかも温かいを通り越して熱いほどだった。

「ほう、さすがに温泉地だな。これは熱い」

言いながら、周囲を見回すと近くの小石をひとつ手に取った。というのも、このあたりの石の多くが変色していたためだ。

「………………」

煌月は手に取った石を見つめながら、昨日の伝令の言葉を不意に思い出した。

村からの支流と、そしてあちら側に見える……あちらのもうひとつの支流は湯治場へ続いております。

彼はそう言っていた。そしてこのあたりの地理を頭に思い浮かべる。煌月の頭の中で、なにかが結びついた。

「もしや……」

呟くようにそう言うと、煌月は虞淵らのいる宿に引き返した。

煌月は宿へ駆け戻ると、二人を叩き起こして引き連れ、昨日通りかかった川の分岐のあたりへ向かった。

「なにかわかったのか。こんな朝早くに連れ出して」

虞淵は熟睡していたところを起こされたせいか、あくびをこらえられないようで、しきりに口を大きく開けていた。

「きみ、改めて聞くが、ここから下流の村には病は起きていないのだな」

煌月が伝令に確認するように尋ねる。

「ええ。特にはなにも」

伝令の返事に「そうか」と煌月は頷き、川のほうへずんずんと歩いていった。

「お、おい。どこに行くんだ。そっちは川だぞ」

虞淵の戸惑ったような声をよそに、煌月は川がちょうど交わったあたりへ視線をやりながら、その少し下流に向かって足を進める。そうしてある場所で足を止めると、川岸をきょろきょろと見回して小石を拾い、その石をじっと見つめた。

（やはり……）

石の状態は煌月の考えを裏付けているようにも思えたが、まだ確信が持てない。なにげなく川面を眺めていると、浅瀬の水面に違和感を覚えた。

（……もしや）

そして袍の裾をまくり上げるなり、躊躇することなく川の中へざぶざぶと入っていった。冷たい水が刺すような痛みを与えるが、煌月は構わず進む。

だが、あるところまでやってくると、その冷たさがやわらぐ。そこだけ、水の温度が周囲と異なり温かかったのである。なるほど、と煌月は思った。どうやらここも川底から温泉が湧いているようである。

だが、煌月のその様子に驚いたのは虞淵だ。流れは急ではないが、川というのは油断してはならない。しかも真冬の川である。凍るほどに冷たい水の中になぜわざわざ入っていくのか、と慌てた。

煌月がそれほど冷たさを感じていないことを彼は知らないのだから当然である。

「おい、煌月！　なにをやってるんだ！　死ぬつもりか……！　戻ってこい」

虞淵の引き留める声を聞いても立ち止まらず、煌月は浅い場所の川底からいくつかの石を手に取ると川から上がった。

慌てる虞淵に比べて、煌月はけろっとしている。ただ、見ているだけで寒いと虞淵はぶるぶると震えていて、煌月よりもよほど寒そうだった。

「なにもなかったからよかったようなものの、危ない真似はしてくれるな。いくら流れが緩やかだといっても冬の川だぞ。まかり間違って流されたらどうする。……ああ！　まったく！　心臓に悪い！」

隣で虞淵が大声を出し、そして大きな溜息をついている。

「すまなかったな。しかし、川底に湯が湧いていて、さほど冷たくはなかったよ」

「そういう問題じゃないだろうが！」

虞淵は声を張り上げる。

「まあ、そう大きな声を出すな。おかげでなんとなくだが病の原因がわかりかけてきた」

石を掲げて煌月はにっこりと笑った。

しかし、虞淵にしてみれば、いきなり冬の川に入り込んだ煌月のほうが心配であったのである。煌月はさほど冷たくなかったと言うが、突き刺すような痛みのある冷たさに比較すると温かいという程度のはずである。このままにしておけないとあたりを見回すが、薪になるような枯れ枝は見つからず火を熾すこともできなかった。

「おい、湯治場に戻るぞ。このままでは風邪をひく」

虞淵は自分の着ていた外套を煌月に着せると、馬に乗せ、伝令を伴って無理やり湯治場へ戻る。

雪は降っていなかったとはいえ、冷たい空気にさらされた煌月と外套を貸した虞淵の身体は冷えきっている。下手をすると凍傷になりかねなかった。急ぎ、一番近い浴場へ直行し、温泉に入る。熱い湯で温まり、一息ついたところで虞淵が煌月を睨めつけた。

「本当に手のかかるやつだ。あんな冷たい川に入るなんておまえときたら。よく温まっておけ。……ったく、これで熱でも出されたら、俺は文選に死ぬほど説教を食らうんだぞ」

呆れたようにぼやく虞淵に煌月は「すまない」と謝った。

「謝らんでいいから、まずは身体の芯から冷えがなくなるまで湯から出るな。幸いここの湯は万能だ。しっかり温まれば風邪もひかぬ」

「わかった、わかった。そんなにしつこく言わないでくれ」

「しつこく言ってもおまえは言うことを聞かぬではないか。いくらおまえが医術に秀でているとはいえ、油断は禁物なのだぞ。戦でも、油断したがためにひとりが風邪をひき、そのため大部隊が壊滅したということはままあることなのだ——」

放っておくと、虞淵の話が長くなる。自業自得とはいえ、これ以上はさすがに煌月もうんざりしてしまう。ここは話を変えてしまうに限る。煌月はおもむろに口を開いた。

「虞淵、それより病のことだが」

すると虞淵はハッとしたように煌月へ顔を向けた。

「わかったのか？」

「ああ。だいたいの見当がついた」

「そうか。それで病は治るのか」

「それが……私が推測したことが本当にそうなのかどうか……虞淵、黒檀山の隣にある山がかつて鉱山だったことを覚えているか」

いきなり話が変わって虞淵は目をぱちくりとさせた。どこから鉱山の話が出てきたのか。そうは思ったが、鉱山のことは知識として知っている。

「ん？　黒檀山の隣の山ってのは、すぐそこの山のことだろうが」

ちょうどその山の麓が昨日出向いていた夏湖村である。あの村の先に煌月の言う山の入り口がある。

「そうだ。私もすっかり忘れていたが、鉱山だったのはあの山のはずだ」

「ああ……そう言われてみれば、かなり昔に廃鉱になった鉱山があったのは知っている。だが昔も昔、おれたちが生まれる前のことだぞ。話には聞いていたが」

このあたりはかなり昔に噴火したきり噴火をやめた火山があるため、こうして温泉もある。地理的には鉱山があるのも当然と言える。

「そうだ。あの山からは鉄や銅や鉛が採掘されていたが……しかし、もう廃鉱になって人が入れないようにしていたはずなのだが……」

煌月は何度も何度も首をひねる。

すると近くで湯に浸かっていた中年の客が「すまねえが」と煌月たちに話しかけてきた。

「ん？　なんだ？」

虞淵が客に向かって聞き返す。

「あんたら、鉱山って言っていたような気がしたんだけど」

「ああ、そうだが」

「そこの山がその鉱山なら、廃鉱じゃねえよ。随分賃金がいいってんで、うんと人が働いてるよ。俺ァ、繹からやってきたんだが、繹じゃあ、金がしこたま貰えるってんで評判で俺もちょっくら稼いでやろうかってさ」

男はにんまりしながらそう言った。

客のその言葉を聞いて、煌月と虞淵は顔を見合わせる。

そして煌月は男に話を合わせるように尋ねた。

「おや、そうなんですか。稼げるとはどのくらい」

その問いに男は半年も働けば家を建てられるほどらしい、と答えた。どうやら繹ではそんな甘い言葉で鉱山で働く者を募っているという。

「金が入ったら、もっと家族にいい暮らしをさせてやれるだろ？　かみさんにもいいべべを着せてやれるしよ。かみさんには苦労かけっぱなしだから、楽をさせてやりてえんだ」

男は照れ臭そうに鼻の頭を掻いていた。きっと愛妻家なのだろう。

「それはそれは。ちょっと私も気になりますね。まだ募集はしているのでしょうか」

「だよな！　あんたらも気になるだろ。なんだったら口きいてやろうか」

「いえいえ、お手を煩わせることはありませんよ。近々直接訪ねてみますから」

「そうか。しかし、あんたの隣の兄さんならともかく、あんたのその細腕で鉱夫が務まるかね」

ハハハ、と男は笑いながら湯から上がっていった。

男が出ていった後、煌月は虞淵に「どう思う」と尋ねた。

「どう思うもこう思うも、あのおっさんの話が本当なら、盗掘ってことか。それにしちゃあ、随分堂々としたもんだが」

件の鉱山というのは繹との国境にあり、もとは笙の所有だったのだが、その後笙と繹との協定によって、両国の所有としていた。だが、現在採掘は禁止している。鉄や銅も多いが、それだけでなく重金属も多い。そのため鉱毒に侵される者や毒の煙が噴出し、採掘時に鉱夫が倒れる事例が多く発生した。以来廃鉱として、人の立ち入りを禁止していたのだ。

採掘を禁じているはずなのに、人が働いているとは——と、煌月と虞淵は湯治客が口にしていたことについて疑問を感じていた。

賃金をはずんでいるということから、一人や二人が盗掘しているというわけではなく、大がかりに採掘を行っているのだろう。

そもそもが廃鉱になったのも随分と前のことで、そんな鉱山があったことも人々はとうに記憶の外へ追いやっているに違いない。騒ぎにはなったが、噂もすっかり風化し、覚えている者のほうが少ないことだろう。

笙では採掘を許可していない。であれば、繹側が採掘を許可したということか。しかし、採掘にあたっては笙へなんらかの申し出があってしかるべきなのだが、それはない。

考えられるのは繹が勝手に採掘を行っているということだが、繹の属国である笙にはそれを止める権利はない。

結局手出しはできないのだが、採掘が行われているというのなら――。

（あの湯治客の言うことが本当ならば……）

煌月は自分の推測が当たっているはずだ、と確信を持つ。と、同時に、村の病は呪いでもなんでもないが、治療はかなり厄介なことになる、とぎゅっと拳を握りしめた。

「これから入山してみよう」

湯の中でしばし考えていた煌月は虞淵にそう持ちかけた。

突然の思いつきであったが、煌月の直感はすぐに動かなければならないと告げている。

だが、虞淵はその提案に難色を示した。

「おいおい、煌月。盗掘は確かに問題だが、それは今すぐでなくともよいことではないか。あの男が言っていたことも本当かどうかまだわからぬのだし、おまえが自ら赴くことはないぞ」

虞淵の言うことはそれなりに理にかなっている。だが、単なる盗掘ではないのである。

煌月はつい今し方まで考えていた自分の推測を口にした。

「いや、そうではない。十中八九、あの村に蔓延(はびこ)っている病というのは、おそらく鉱山から垂れ流される鉱毒のせいだと私は考えているのだ。村人の症状からして、そうとしか思えぬ。山へ行けば私の考えがけっして当て推量ではないことがわかるだろう」

「鉱毒？」

聞き返した虞淵に煌月は頷く。

「そうだ。あの村の水源は山から流れる川のもので、その水を摂取しているがためにあのような病に侵されたと考えられる。推察どおりなら、手遅れで病を治療できない者もいるだろうし、軽症の者も治療にはかなりの時間がかかる。仮に治ったとしてもおそらく後遺症が残る者も出てくる……だが、これ以上犠牲者を増やすわけにはいかぬ」

あの湯治客の言うことが事実で、鉱山での採掘が行われているとしたなら、鉱毒は今も川へと垂れ流され、その水を飲み続けている夏湖村の人々の身体は確実に蝕(むしば)まれているのである。

村人の命を救うためには、一刻も早く状況を把握する必要があった。

「しかし、川の水というなら、流域にある他の村々も同じであろう。なぜあの村だけ」

虞淵は納得がいかないという顔をする。彼のその疑問ももっともなことだ。煌月も可能性に気づいたのはこの湯治場近くの川で着色のされた石を見つけたときだ。この熱い温泉に含まれている硫黄が鉱毒と結びついて橙褐色(とうかっしょく)の結晶を作り出していた。石にはその結晶が付着していたのである。鉱毒と硫黄の結晶は川底へ沈むために、それ以上溶け出すことはなく水質は元通りになるということだ。

この湯治場を流れる川に含まれる温泉水が鉱山からの川と合流したために、うまく鉱毒を解毒できているのだろう。

また、煌月が身をもって体験したとおり、あの川では川底から温泉が湧き出ていた。おそらく湯が湧いているのはあの一ヶ所だけではないはずである。川の分岐のあたりに温泉が湧く場所がいくつもあるとしたなら、そこでも解毒がされているとも考えられる。

鉱山から直接鉱毒が流れ込んだ夏湖村だけに病が蔓延り、下流の村々にほとんど影響がなかったのはそのためと思われた。

そう虞淵に説明すると、彼は大きく目を見開いた。

「だから入山しようと言うのだな」

「そうだ」

煌月は大きく頷いた。自分の推測を裏付けるためには、鉱山が本当に稼働しているのかどうかを見極める必要がある。もし採掘が行われているのであれば、その山から流れ出る川の水で暮らしている村人たちが侵されている病の証左になる。

「入山するのはいいが、採掘が事実だった場合、村人たちはどうする。鉱山からの川水が使えないとなるとこの地で生活ができぬことになる」

「………」

虞淵の指摘については煌月もまさしくそれを考えていたところだった。土地を捨てろというのはあまりに酷である。だからといって、そのまま住まわせておくわけにもいかない。

「それについては……これから考えるが」

「見通しもなんの案もなしにどうするというのだ。いたずらに村民の不安を煽るだけだぞ」

「わかっている。だが、早く証拠を摑まなくては対策も立てられぬであろう。一刻も無駄にはできぬのだ」

いちいち正論をつく虞淵の言葉に煌月は珍しく感情的になっていた。

強い口調で頑なに言い張る煌月を虞淵は驚いたような表情で見る。

「珍しいこともあるもんだ。おまえのそんな顔、久々に見たぞ」

そう言いながら大きな息をつき、虞淵は言葉を続ける。

「仕方がないな。おまえは村の民を見捨てておけぬのであろう。……まあ、乗りかかった舟だ。おれもせいぜいつき合うさ。だが、考える時間はあまりないぞ」

「わかっている」

煌月は虞淵をしかと見据えて言いきった。

ここで民を見捨てては、王の名折れである。繹の属国とはいえ、この国を統治しているのは自分なのである。限られた時間の中であっても最善を尽くさねばならなかった。

「ならば、行くぞ。おまえお得意の薬でも飲んで風邪をひかぬようにしておけ」

虞淵はそう言って、ざぶんと大きな水音を立てて湯から上がった。


伝令に文選への言伝を預けて城へ返した後、煌月と虞淵はありったけの毛皮を着込んで急ぎ馬を駆り、鉱山へ向かった。山道ではあるが、もともと鉱石を運搬するために道は整備されていた。もっと草ぼうぼうの様子を覚悟していたのだが、冬とあって道中に生えている草もない。まだ本格的な雪の前ということもあり、おかげで徒歩ならば一日がかりの道のりも日暮れ前までには鉱山の入り口の近くまでたどり着くことができた。

「煌月……これは……」

山道を駆け上がる途中で、徐々に様子がおかしくなりはじめていることに煌月らは気づいた。というのも、単に冬だからというわけではなく、道が——人が頻繁にここを通っているのがわかるほど、草一本も生えないくらいに踏み固められていたからであった。

確かにこの山道を通って繹に向かうこともできるが、繹へは黒檀山を抜ける街道のほうが近く、格段に楽なため、この道を利用する者は滅多にいないと言われている。だが、見たところ、まるで大きな街道のようである。

いよいよ、湯治客の言っていたことが信憑性(しんぴょうせい)を帯びてきた。

「うむ……けっして油断はできぬぞ」

煌月の言葉に、虞淵は大きく頷いた。そこからは馬での移動はやめることにする。山の中腹に樵(きこり)が使用していたような廃小屋を見つけ、その脇にあった大木に馬をくりつけて、徒歩で向かうことにした。

そこからは道を外れ、森の中を歩いていく。自分たちにとって見通しがいいということは、相手にとっても同じである。慎重に姿を隠し、周囲に気をつけつつ道を進んでいった。幸い、まだ雪が少ないせいで、足跡がつきにくい。ありがたい、と思いながらゆっくり進む。

やがて、遠くのほうから人の声とおぼしき音を耳に捉えた。

こんな深い森の中に複数の人の声が聞こえてくることに違和感を覚える。

煌月が虞淵のほうを見ると、彼も自分のほうへ顔を向けている。目が合って、互いに考えていることが同じだと察した。

頷き合い、大きな木の陰へ身体を潜めてあたりを観察する。そっと窺(うかが)うと、二人ほどのる。

煌月と虞淵はそっと男たちの後をつけた。

しばらく歩いていくと、男たちは立ち止まった。その場で誰かと話をしているようである。

用心しつつそっと近づいていくと、頑強な男が幾人も見えた。

男たちの立っているのは、石で築かれた門のようなところの前である。もしかしたらあそこが廃鉱の入り口なのかもしれない。だとしたら門の前に立っているのは見張りということだろう。

しばらく様子を窺っていたが、男たちはそこら辺をうろつきながら、警戒するように鋭い視線であたりを見回している。

「見張り番か」

「そのようだな。あそこから先に行くのは難しいだろう。しばらく待つとしよう」

木の陰に隠れながら、煌月らは見張り番と思える男たちの様子を探る。男たちは警戒を怠ることなく見張りを続けていた。

動きがあったのは一刻ほどが過ぎた頃だった。交代なのか、それとも休憩なのか、見張りの男たちが一斉にいなくなった。

「もう少し近づいてみるか」

虞淵の提案で、二人はさらに近くまで足を向けた。

都合よく、見張りが消えたのをいいことに、二人は奥まで侵入した。

「やはり、採掘を行っているようだな」

物陰に潜みながら様子を探ると、坑道の入り口らしき場所から、鉱夫が採掘した石を運んでいるのが見えた。

その坑道の入り口にも見張りのような男が立っている。鉱夫はその男の指示で、石を持ったままどこかへか向かう。

「なるほど……あの石は別のところで製錬しているのかもしれんな」

どうやらこの鉱山は露天掘りではなく深掘りの鉱山のようである。露天掘りならば、坑内は丸見えのはずである。露天掘りは見通しはいいが、広範囲に見張らなければならない。

大量の採掘が可能だがその分人手がいる。

深掘りならば採掘場の入り口はひとつ。深いところに鉱石がある場合に用いられる手法だが、危険性は高まるものの鉱夫を管理しやすく、見張りの数は少なくてすむ。

要所要所にだけ見張りの男を据えておくことで、人員を節減できるというわけだ。

さらに煌月らは足を進める。

坑道の入り口近くにある開けた場所には鉱夫の寝泊まりするような小屋がいくつも建っており、そのうちのひとつから、先ほどとは別の数人の男が出てきて、さっきの男たちが立っていたあたりに佇むと、同じようにあたりを警戒していた。

「煌月、あの奥になにか見えないか」

不意に虞淵が少し離れた方向を指さした。

釣られるように目をやると、微(かす)かに煙が立ち上るのが見える。

二人は見張りの目を盗んで、その煙のほうへ向かうと、製錬場と思われる大きな建物があった。ただ、今は休憩時間なのか、誰もいない。

そっと近づき、煌月はその建物の中を覗(のぞ)き込む。

坩堝(るつぼ)と鞴(ふいご)が見える。やはりここで製錬を行っているらしい。

煌月は素早く建物の中に忍び込むと、床に落ちていた石を拾って戻ってきた。

そうしてすぐさまその場から離れる。あまり長居をすると、人が戻ってきて出くわしてしまいかねないためだ。

岩陰に隠れ、煌月は拾った石をじっと眺めた。石の色は光のあたる方向によって見え方が異なるが、青や緑や紫色を呈している。

「そりゃなんだ」

煌月の手にした石を見て、虞淵が尋ねる。

「この色からして銅と鉄……でしょうね」

「……ってことは、ここで堂々と盗掘してるってことか。まあ、繹のもんでもあるから、盗掘ってのもおかしなもんだが、もともとは筐の所有だった鉱山だ。実質盗掘みたいなもんだろう。それにしても、誰も寄りつかない山ン中だが、よくもまあいけしゃあしゃあと」

呆れたように虞淵が言う。

ふと、耳を澄ませると、水の音が聞こえた。どうやらすぐそこに川があるらしい。その川に廃液を流したのだな、と煌月は村の病の原因を確信した。

しばらくすると、休憩が終了したのかどこからか人が溢れるように出てきた。

「――すごいな。これだけの人間が働いているのか……」

思わず息を吞む。もう少し調査を進めたい気持ちもあるが、ここも長くはいられない。早く出なければと思った。

しかし、今は鉱夫がうろうろしていて、元の場所に戻るには危険である。また、見張りの男たちもいる。

日暮れまでどこかへ隠れていようにも、下手に動くとすぐに見つかってしまいかねない。

さて、どうしようと思ったときだ。

「――こちらへ」

背後から声をかけてきた者があった。

まったく気配がなかったため、煌月と虞淵は驚き、身構える。

戦いに長けた虞淵が後ろを取られるなど、まずないことである。相手は相当の手練(てだ)れなのだろう。

そうしていつでも攻撃できるように身構えながら振り向いて、虞淵は思わず声を出した。

「――白慧(びゃくけい)殿ではないか……！」

驚くのも無理はない。捜していた彼がよもやこんなところにいるなどとは、つゆほども思っていなかったのだから。

だが、なぜこんなところに。

思いも寄らなかった再会に、煌月も虞淵も目を丸くする。また虞淵は気が動転したのか、思わず大きな声を上げていた。

そんな虞淵の口を「しっ、お静かに」と白慧は手で覆う。

声を上げるというへまをやらかした虞淵は、面目なさそうに小さくなっていた。

「詳しいお話は後ほど」

そう言いながら白慧はあたりを窺うと、二人をそっと促した。

「こちらへ」

先んじて動いた白慧は煌月と虞淵を鉱夫らの目を盗みながら、小屋へと連れていった。

「ここならば、夕暮れまでは誰も来ません」

小屋の扉を閉めると、白慧はようやくふう、と息をつく。

煌月が小屋の中を見回すと、どうやらここは用具などの物置小屋のようである。

白慧はこの鉱山についてよく知っているような口をきく。いったいなぜ彼がここにいるのか、それを問いたい気持ちはあったが、その他にも聞きたいことはたくさんある。なにから聞いていいのかと迷っていると、白慧が口を開いた。

「なぜこんなところへ」

白慧のその言葉に煌月は同じ問いを返したくなった。と、同時にどこか怒りにも似た感情が湧き起こる。

花琳は白慧が姿を消したことをひどく悲しがっていた。危険を冒して城を抜け出そうとまでしたのである。それほど彼女は白慧を捜し出そうと必死だった。

(あのとき、城を抜け出すことを厳しく止めたのは、花琳様の身になにかあればという危惧からではあった。だからこそどうしても城から出すことはできないと冷たい態度をとったが、あの方は私のそんな態度に怯むことなく、逆に意志の強い眼差しで私を見据えたのだ……それほどまでにあのときの決意は固かった)

花琳はあのとき手がかりがあることを示して煌月と交渉を図ったが、実はあの花琳の提案にほっとしたのは煌月のほうだったのかもしれない。

煌月とて花琳の気持ちに同情しなかったわけではない。本当は彼女を自由にして城から出してやりたかったのだ。しかし、危ない目に遭いかねないとわかっていながらむざむざと抜け出させるわけにはいかなかった。

——白慧を捜して……！

そう訴えていた花琳の悲痛な声が今でもありありと脳裏によみがえる。

それに白慧がいなくなった日、食べ物も喉を通らず悲しさのあまり憔悴しきった花琳は、煌月の胸で声を上げて泣いていた。声を嗄らし、目を真っ赤に腫らして——泣きじゃくる彼女に寄り添ってやることしかできなかった。

（あんなに泣いて……こちらまで身を切られるようなお姿だった……）

なぜ黙っていなくなったのか、花琳を悲しませたことへいくらかでも後ろめたい気持ちはあるのか、と問い詰めたくなる。こんな状況でなければ声を荒らげていたかもしれない。

「そのお言葉をそのままお返ししますよ、白慧殿。我々は少々調査で参っただけです」

憤りのような気持ちを抑えられず、冷たい目で睨めつけながら口を開く。その半ば嫌み交じりの冷たい口調に白慧は動揺したように口を噤んだ。彼自身にも後ろめたい気持ちはあるのだろう。さっと煌月から目を逸らす。

「この鉱山が原因と思われる病が麓の村で蔓延(まんえん)していたので、やってきたのですよ。それより白慧殿こそ、城を出てなぜこのようなところに。まさか花琳様を裏切るような真似をなさっているわけではないでしょうね？」

煌月のきつい問いかけに、白慧は強く首を横に振った。

「いえ、けっしてそんなことは……！　天地神明に誓って、花琳様を裏切ったりはいたしません……そのようなことはけっして……」

白慧はきっぱりとそう言い切った。

その白慧の声は涙を堪えているように震えていた。頭を垂れているからはっきりと表情はわからないが、口から微かに嗚咽(おえつ)が漏れている。

「だったらなぜ、なにも言わずに姿を消したのです。花琳様は城まで抜け出そうとしていたのですよ。あなたを探すために」

「──花琳様は……これから王后になられるお方です。私のような者のことでご迷惑をおかけするわけにはいかないのです」

「迷惑……ですか。あの方はあなたになにがあってもけっしてそんなふうには思われないでしょう？　ご事情があったのなら、ご相談されてからでもよかったでしょうに──あの方はあなたの兄上から手紙が届いたこともご存じですよ」

それを聞いた白慧は大きく目を見開く。

「江殿――あなたの古いお知り合いですね。その方に話を伺いました」

煌月のその言葉を聞いて、さらに白慧の目が丸くなる。

「驚かれているようですね。実は江殿のもとに伺うことになったのも、そもそもは花琳様が城を抜け出して会いに行こうとしていたところに出くわしたためでしてね。まあ、それで我々も江殿の存在を知ったような次第です。花琳様を侮ってはいけません。あなたが手にしていた手紙に記されていた名前を読み取られていたのは花琳様でしたよ」

白慧はハッとしたような顔をし、そしてひとつ息をつく。

「花琳様が……手紙を……そうでしたか。あのときすでに見られていたのですね。てっきり気づかれていないものとばかり……。それに江のことを思い出されたのもさすがです。おっしゃるとおり、花琳様には隠し事はできませんでしたね」

白慧は苦く笑いながらもどこかうれしそうな表情をしていた。それはいつの間にかすぐれた洞察力を花琳が身につけていた――その成長が彼にとってもうれしいものだったからに違いない。

「白慧殿――なにがあったのかお話しください」

煌月はじり、と白慧に詰め寄った。だが、白慧はなかなか首を縦には振らない。

それどころか哀しそうな目をして薄く笑みを浮かべる。

彼がここまで言うということは、彼の失踪が、兄の手紙が来ただけというものではなさそうである。

「だが、なにも言わずというのは花琳様にとって身を引き裂かれるほど寂しいのではないでしょうか。あなたがいなくなってからというもの、花琳様はひどく気落ちしてしまいましたよ」

煌月にそう言われて、白慧はきゅっと眉を寄せた。

「…………」

「私からしてみれば、花琳様があれだけお心を乱されたのですよ。迷惑どころの話ではないでしょう。すでに巻き込まれていますからね、いまさらです。──おおかた、かつて存在した母国の亡霊にでも会いに行くために城を出たのでしょうが、そのくらいのことでしたら一言告げてからでもさして迷惑にもならないと思うのですがいかがですか。なにも黙って出ていかれなくてもよかったのでは」

煌月の言葉に白慧は目をぱちくりとさせた。

「え……」

「調べを進めれば嫌でも様々なことがわかってくるものですよ。そうでしょう？　琪の公子様」

「どうしてそれを……」

「調べればわかると言いましたよ。あなたがかつての琪の公子であったことはすでにわかっています。そして江殿から、兄上の名前も伺った。聞けば、その兄上は流刑に遭い生死が不明という。その兄上の名前で手紙が来たとあれば、なぜあなたがいなくなったのかというのも、おのずとわかろうかと。――ですが我々は……いえ、花琳様はあなたの口からきちんと理由を聞きたいのだと思うのです」

調べが尽くされているとわかって、白慧は観念したように大きく息をつく。そうして小屋の窓からちらりと外へ目をやった後、口を開いた。

「おっしゃるとおりです。生き別れになっていた兄が生きていると知って、気がつけば飛び出していました」

そう切り出して話しはじめたことは、煌月の興味をいたくそそった。

煌月らが推測していたとおり、白慧は流刑に遭った兄からの手紙でいてもたってもいられず、花琳に黙って城を去ったのだと言った。

「まさか兄が生きているとは思っていなかったのです。……私は兄がとても好きで……公子とはいえ、あまりいい扱いを受けていなかった私のことを兄は可愛がってくれていましたし、引き立ててくれてもいました。ですから、その恩義ある兄が流刑に遭ったと知って私は……」

白慧にとって、英俊豪傑であった兄の耀輝（ようき）は憧れであり誰よりも大事な人だったらしい。勉学も武術もすべて耀輝に学び、耀輝の後を追っていた。耀輝も常に白慧を気にかけ、なによりも大事にしてくれたのだという。

　そのまま琪という国が存続していれば、おそらく武勲を残していたに違いないとされるほどの人物だったようである。ただ、王太子ではなかったことから耀輝も白慧同様あまりいい扱いを受けていなかったという。だがそのおかげで、琪が滅ぼされた際には処刑されることはなく、幸か不幸か流刑に減刑されたとのことである。

　かつては流刑にあって生きて帰ってこられた者はなかったというほどの厳しい刑罰である。きつい労働を科せられ、そのため過労で亡くなる者が後を絶たず、実質死罪と人は噂していた。それは王族でも同じで、そのため白慧も兄は亡くなったと信じていたのだ。

　当時のことを思い出したのだろう。白慧の目から涙がこぼれ落ちた。しかし、すぐに彼は涙を拭って顔を上げた。

「失礼しました」

「いえ。白慧殿が兄上に会いたくとも、そのときにはすでにあなたは氷(ひょう)の貴族に引き取られていた、ということですね」

　白慧はこくりと頷く。

「そのとおりです。氷ではいくら後ろ盾があっても、所詮私はよそ者です。私がなにか不穏な動きを見せれば、せっかく命をかけて助け出してくれた春燕(ちゅんやん)——江の姉で私の乳母でしたが、彼女の苦労が水の泡になってしまいます。ですから兄を捜しに行くことはできませんでした」

生きているか死んでいるかもわからない兄のことを白慧はずっと忘れずにいた。

「そんなときです。私が笙にいるということをどこで知ったのか、手紙が届いたのです」

手紙が届いて、白慧はひどく驚いたという。てっきりもう死んでいるだろうと思い込んでいた兄からの手紙だ。驚かないわけがない。

「それは不思議なことですね。偽物という可能性は？　それになぜ白慧殿が笙にいることを知り得たのでしょう」

煌月は白慧に尋ねた。

「私もはじめは偽物ではないかと……それを疑いました。ですが私が笙にいるというのは……私はずっと花琳様に仕えておりましたし、ですから花琳様のおられる笙に私がいるというのは、氷の王城内の者であれば誰でも知りうることです。それに、手紙の筆跡は間違いなく、兄のものでした」

間違えるはずがない、と白慧はきっぱりそう言いきった。いまだに兄の筆跡を覚えているほど、幼い頃の彼は兄の一挙手一投足を見つめていたのに違いない。そしてその手紙には「会いたい。繹にいる」という内容が書かれていたという。

「兄が生きていると知って、矢も盾もたまらず私は城を出ました。それはご推察のとおりでしょう。ただ――やはり皆様もお疑いでしょうが、私もその手紙がなにかの罠(わな)である可能性もあると思い、花琳様によけいな心労をかけては……と黙って出てきてしまいました」

「罠、ですか……。ですが、その罠にかかるかもしれない懸念があってもなお、あなたをそこまで駆り立てるほど、兄上の存在は大きなものだったのですか？」

「……はい。幼い頃の私は、兄を中心に世界があると思っていたほどでしたから。手紙を見た瞬間、どうしても行かなければと……それでも一度は自分を諫めましたが……気がついたら城を飛び出しておりました」

さらに白慧は話を続けた。

兄に会うために白慧は急ぎ繹へと向かったが、繹との国境であるこの山を越えようとしたところ、賊に襲われたというのだ。もうひとつの街道である黒檀山を越えることも考えたが、そちらはこちらと違って大雪のため時間がかかると断念したという。

「焦ってこの山を選んだのが間違いだったのでしょう。山賊が横行していると注意を受けたのですが、先を急ぐことを考えたために賊に出くわしてしまいました」

もとより武術に秀でている白慧ではあったが、多勢に無勢。戦いのさなか川に落ちてしまい、あやうく命を落とすところだったようだ。しかし、幸い通りかかった樵の男に助けられ、つい数日前まで養生していたのだという。

「不甲斐ないことに、川に落ちた際に足を怪我してしまったものですから、しばらくの間動けずにおりました。助けてくれた者に怪我に効く湯を案内してもらい、ようやく動けるようになったのです。これはきっと、花琳様に黙って出てきた報いなのでしょう」

まだ全快とはいえないのだろう。白慧は足をさすりながらそう言った。

さらに聞くと、白慧が養生していた先は、煌月たちも逗留していた湯治場であった。怪我によく効く湯であったから、そこを案内してもらったのだろう。それにしてもまるで奇跡のような偶然である。

こうして白慧と会うことができたのも、花琳の一途な思いの導きかもしれない、と煌月は思った。

「そんなことで繹に向かうことができずにおりました」

「城に戻ることは考えなかったのですか」

「黙って出てきた手前……それはできません。花琳様には合わせる顔がございませんので」

白慧もよほどの覚悟で出てきたのだろう。それほど彼は兄に会いたかったのだ。

だが、白慧がどう言おうと、煌月としては彼を花琳のもとに連れ帰らなければならない。でなければ、花琳との約束を破ってしまうことになる。そのため、ここでおめおめと彼を繹へ向かわせてしまうのは避けたかった。

「一度戻られて、花琳様にご説明してから仕切り直せばよいではないですか。あの方はあなたのことを心から心配しておられる。お戻りになることはなにも花琳様へ礼を欠くことにはならないと思いますよ。それにそれが長年仕えた者の義務ではないのですか。またこの寒さだ。足も完治はしておられないのでしょう?」

煌月がそう説得しても白慧はすぐに首を縦に振らなかった。

「やはり、兄上のもとに向かわれるのですか」

煌月が尋ねると白慧はその問いにも首を縦に振らず、「実は」と切り出した。

「実はあの湯治場で嫌な噂を耳にしまして」

白慧にしてはいささか歯切れの悪い物言いであったが、煌月も虞淵もその理由を理解した。というのも、その噂というのがこの鉱山の鉱夫は阿片を与えられて働かされているらしい——ということだったためである。

「阿片を?」

さすがにそれを聞いて煌月も目を丸くした。聞き返した煌月に白慧は小さく頷く。

「はい、阿片です。この鉱山での仕事は過酷なあまりに逃げ出す鉱夫も多くいるらしく、人が足りず縲での罪人も連れてこられて強制的に働かされていると聞きます。その足抜けを防ぐために阿片を与えていると。阿片を与えて考える力を奪っているようで……それゆえ、少々気になり何度かこちらへ足を向けておりました」

「なるほど」

「確かに兄に会いたい気持ちはあり、一度はすぐに繹に赴こうと考えましたが、まずはこの状況がわかってからと思っておりました。やはり、阿片と聞いて……見て見ぬ振りはできず……。この笙に近いところで阿片が使用されているとなると、いずれはまた笙にいらぬ災いが降りかかってしまうのでは、と……。花琳様に心穏やかに立后の儀を終えていただきたいと思っていますから」

どうやら立后の儀までにまた阿片騒動になってはいけないと白慧は考え、鉱山を探っていたらしい。

「ですが、そこに煌月様たちがいらしたので……」

これは行くなということなのかもしれませんね、と白慧は苦笑した。

以前、笙の国もあやうく阿片に汚染されるところだったことを煌月は思い出した。それもつい最近のことだ。そのときも花琳の直感と機転で難を逃れることができた。また、この白慧の力も借りて解決に至ったのだ。おそらく白慧もそのことを思い出し、阿片と聞いて見過ごすことはできなかったのだろう。

「それで阿片は見つけられましたか」

煌月の問いに白慧は頷く。「これを」と言って差し出した小さな包みの中身は、以前哥の街を汚染しようとしていたそれだった。

ここではっきり鑑定ができないが、おそらく繹の特定の場所で採取できる特殊な芥子から作られたものだろう。この芥子に以前煌月は悩まされた。

「なるほど……ここは賃金がよいと聞きました。賃金で釣って、その賃金で阿片を買わせ、そして阿片を買うために労働がきつくともここでまた働く……という繰り返しなのかもしれませんね」

いつまでも途切れることのない負の連鎖が永遠に続く。阿片を止めるか、死ぬ以外にここから抜け出す方法はないのだろう。そしてここにいる以上、一度阿片に手を染めてしまえば阿片の誘惑から逃れることもできない。鉱夫に賃金は払われないまま、すべて搾取されてしまうのだ。

それを聞いて虞淵が顔を顰めた。

「……ひどすぎる。鬼のやることだな」

「繹は貧富の差が激しいと聞きます。金目当てにここにやってくる者も多いのでしょう。そういった人々を食い物にしているということですね」

そう言いながら、煌月はあの気のよさそうな湯治客の顔を思い浮かべた。

――金が入ったら、もっと家族にいい暮らしをさせてやれるだろ？　かみさんにもいいべべを着せてやれるしよ。かみさんには苦労かけっぱなしだから、楽をさせてやりてえんだ。

愛妻家のあの男が阿片に手を染めなければいいが、と煌月はひとつ息をついた。

「煌月様はここの鉱山による病の調査……とおっしゃいましたが、私と同様に阿片のことで？」

煌月は首を横に振った。

「いや、そうではない。阿片のことはまったく知らぬことでした。意外なことを知れて驚きました。――我々が調べを進めているのは、まさしくこの鉱山そのものについてなのですよ」

そう煌月が言うと、虞淵が横から割って入った。

「もともとこの鉱山は廃鉱でな、廃鉱のはずの鉱山が稼働していると聞いて、盗掘されているのではと思ってやってきたのだ」

「ここは廃鉱だったのですか⁉」

白慧が驚いたように聞く。それも当然で、ひっきりなしに採掘し、精錬しているさまを見ればとてもここが廃鉱だったとは思えないだろう。果たしていつから採掘を再開していたのか、煌月は気づくことがなかったが、夏湖村の病のことから察するに、少なくとも半年以上は前のことに違いなかった。

「ええ。廃鉱になったのももう数十年も前のことで、今では知る者のほうが少ないのかもしれません。たまたまこの鉱山が再び採掘されていると耳にしましてね。――もともと、我々はこの下流の村に奇病が蔓延しているとの報告を受けてやってきたのですよ。ですから鉱山が再び稼働しているならば、おそらくその原因はこの鉱山から川に流される毒のせいではないかとあたりをつけてやってきたわけです」

煌月は白慧に病のあらましを語り、鉱毒が原因だとされる証拠の石も見せた。鉱毒の素と温泉とが結びついて着色された石だ。

それを見ながら白慧は小さく唸った。

「……なるほど。では我々は偶然ここで出会ったというわけなのですね」

「そういうことですね。しかし、阿片とは……。ここの鉱夫に繹の咎人(とがにん)が含まれているというなら、もの好きが単に盗掘したというわけではなく繹の中枢が関わっているのでしょう。そして以前私たちを悩ませた、あの黒い芥子のものと考えてよいのかもしれません」

「おっしゃるとおりだと私も考えます。数日前にもここに参りましたが、そのときに入ったばかりの鉱夫が今では表情がうつろになっておりました。相当きつく阿片を摂取しなければ、ああまで自我を失うことはないでしょう」

白慧がそう言ったとき、遠くから馬のいなきと蹄(ひづめ)の音が聞こえた。その音は少なくとも数頭はいると思われ、煌月たちはいったん小屋の隅で物陰に身体を潜め口を閉ざす。

馬の足音が止まり、あたりがざわざわとしはじめた。

さきほど休憩が終わったばかりだ。だが、この小屋からそう遠くないところに人が集まっているのが、足音から察せられた。煌月はごくりと息を呑む。

自分たちがここにいることが知れたら、どう切り抜けようか、そればかりを思案する。

しかし、足音はこの小屋のほうにはそれ以上近づいてくる様子はなかった。

「これはこれは盧朱史様」

外からダミ声の男の声がした。

盧朱史、と聞いて、煌月ははたと首をひねった。同じ名前の人間を煌月は知っていたからである。繹の丞相がまさしく同じ名前であった。

盧朱史の出自は知らないが、若くしてその地位に登り詰めたと聞く。十年ほど前に彗星のごとく現れ、彼が丞相になってから繹の他国に対する威力はますます増したと言える。それまで繹は武力のみで押し切るような国柄であったのだが、彼が丞相になってからというもの——すなわち筮の前王が暗殺された頃から——知略に富んだ政策を打ち立てるようになった。その要因となったのが非常に切れ者と評判のこの盧丞相である。

もし仮に盧丞相が自らこの鉱山に手を貸しているのだとするなら、話は病だけに留まらなくなる。これまで以上に筮にとって、いや、周辺諸国にとって警戒すべき事態と言えよう。

煌月はじめ皆じっと聞き耳を立てている。皆、外の会話を聞き漏らすまいとしているのだろう。

「——わざわざこのような辺鄙なところまでご足労いただき恐縮です。ご指示のとおり、収量を落とさず、採掘に励んでおります」

ダミ声の主はおそらくこの鉱山の現場監督なのだろう。媚びたような口調で話をしている。

「そうか。引き続き我が国のために励んでもらいたい。おぬしらの働きにより、今後の繹の行方が決まるといっても過言ではないのだ。よいな」

今度は低く響く声が聞こえる。よく通る声だ。口調からこの声の主が盧朱史なのだろう。どうやら、盧朱史はこの鉱山へ視察にでもやってきたのだと思われた。彼自ら出向いたということは、やはりこの鉱山を再開させたのは繹の中枢の思惑によるところと確信する。

煌月は思案した。

この鉱山から採掘される主たる鉱石は鉄に銅、そして鉛なども採取できる。かつて鉱山が稼働していた頃、一番採掘量が多いのは銅であり、次いで鉄だと煌月は聞いていた。

(やはり……武器製造のためか)

武器製造で名高いのは花琳の生まれた国、氷である。氷は鉱物資源が豊富であり、古くから冶金、鋳造の高い技術を持ち、武器製造に秀でていた。その氷と笙は花琳を通して縁続きとなる。となれば、笙に多くの武器が流れ込むと繹は考えたのに違いない。笙に対抗して武力を増したいと、そこでこの廃鉱に目をつけた——とも推察できる。

採掘を再開したのは、おそらく花琳が後宮に入内したときではないか。そう考えれば辻棲(つま)は合う。

小屋の中で煌月らはじっと息を潜めていた。

ふと、隣にいる白慧へなにげなく視線をやったときだ。彼はどこか茫然(ぼうぜん)としたような表情を浮かべていた。だが、声を出すわけにはいかず、気になったもののそのまま見過ごしていた。

やがて、再び足音や馬の蹄の音がし、あたりは静かになる。虞淵がそっと外の気配を窺い、小さく頷いた。

「去ったようだな」

「うむ。しかし油断は禁物。もうしばらく様子を見たほうがいいだろう」

虞淵の提案に皆は首を縦に振る。用心しながら、煌月はつい今し方まで頭の中で整理していた内容について皆に話した。

「――なるほど」

虞淵は大きく頷いた。

「繹の武力についていまさらどうこうというものではないが……所詮我が国は属国であることだしな。しかしながら、下流域の村の健康についてはなんとかしなければならない。村の長(おさ)に話をして、移住してもらうことも視野に入れなければ。あるいは温泉地からの川の流れを変える……それには大がかりな工事が必要になるだろう。いずれにしても川の水をこれ以上飲ませないようにしなければ」

「一度城に戻るということか」

「そうだな。劉己や文選にも相談せねばならぬだろう。——白慧殿、我々は哥へ戻りますが、あなたはどうなさいますか。私は花琳様にあなたを連れ帰るとお約束しましたから、一緒に戻っていただきたいのですが」

「…………」

白慧はどうするか決めかねているらしく、返事をしなかった。先ほどは繹へ向かうと言い切ったが、この状況から足が踏みとどまっているのかもしれない。花琳に影響があるかもしれないとなれば、我を貫いてもいられないと考えているのだろう。

「どうするかはここを出てから決めてもいいでしょう。ともあれ、ここに長居は無用です」

ひとまずこの鉱山から立ち去ることにし、煌月は皆を促した。

あたりの隙を窺いながら、煌月らは小屋から抜け出す。日が傾きはじめ、薄暗がりになったのに乗じて枯れ草の茂みをかき分けながら鉱山から離れる。

だが、幾重にも囲っている柵をすべてうまくかいくぐった、と思ったそのときだった。

どうやら近くにいたのか、馬が煌月たちの気配に気づいて、大きくいなないた。

「しまった……！」

馬は先ほどの盧朱史一行のものと思われた。まだ彼らはまだ鉱山から立ち去ってはいなかったらしい。煌月たちに気づいた一人が、白慧に襲いかかってきた。

しかし彼は短剣で相手の長剣を受ける。

「くっ……！」

相手の剣を撥ね返した白慧が、素早い身のこなしで今度は相手に斬りかかる。

だが相手もさるもので、白慧の短剣をいなすとそのまま己の剣で打ち飛ばした。次の一太刀を浴びせられるところだったが、敏捷な白慧はすんでのところで巧みに躱す。

どうやら、白慧の相手は盧朱史その人のようである。身にまとっているものについた龍の文様や、剣の柄の龍の装飾を見て煌月はそう直感した。龍という意匠を盧朱史が非常に好んでいると耳にしていたからである。

「白慧殿！」

煌月が思わず声を上げた。

「私は大丈夫です。早くお逃げくださいませ」

「そんなわけにはゆかぬだろう」

しかしこの打ち合いで他の護衛が煌月らに気づき、次々に駆け寄ってくる。

さすがに丞相の護衛とあって、皆手練れである。素早く剣を抜いて煌月に斬りかかってくる。

「ぬかりましたね」

言いながら煌月も剣を抜いた。

「この場は私がなんとかいたします。花琳様にはあなた様が必要なんですから。花琳様のためにも早くこの場から……！」

「それを言うのは私のほうだな。花琳様にはあなたも必要なのだ。私も退くわけにはいきませんよ」

そう言って、再び斬りかかってきたその刃を受ける。虞淵も同じように戦っている様子があたりの音から察することができた。

（このまま斬り合いが長引けば、こちらが不利だな）

なにしろ相手は馬を持っている。煌月らももう少し下れば自分たちの馬のいる場所にたどり着くが、この状態ではそれもままならない。

そのときだった。

「――小慧、煌月を討て」

離れたところから、そのような声が聞こえた。

（小慧……？）

その声が気になり、引っかかりを覚えていたそのときだった。ヒュン、と刃の風を切る音が聞こえた。

「………っ！」

完全に予期していなかった方向から刃が飛んできて、煌月は咄嗟に躱す。すんでのところで斬られるところであったが、その刃を向けてきたその相手を見て、煌月は目を丸くした。

「白慧殿……！」

なんと白慧が煌月に斬りかかってきたのである。

白慧は煌月が呼びかける声などお構いなしに、次々に刃を繰り出してくる。

煌月としても彼を無駄に傷つけることはできないと、避けるだけで精一杯だった。白慧の攻撃を避けながら、煌月はその様子のおかしさに気づく。

まるで操り人形のように、そこに彼自身の自我というものはないように思えた。とはいえ、油断していると、こちらがやられてしまう。

（仕方がない……）

煌月は白慧の隙を見て、懐から薄紙に包まれた玉を取り出した。そしてそれを相手に向けてぶつける。するとその玉はぶつかった拍子に紙が破れ中身が飛び出した。

「……ッ！」

紙の玉をぶつけられた白慧は両手で目を覆い、また叫びながら地面にもんどり打った。

「すまない。こちらもやられるわけにはいかぬのでな」

言いながらよろよろと起き上がってきた白慧へ当て身を食らわせる。気絶させた白慧の肩を抱えその場から逃げ出す。追ってくる者もいたが、その者へも紙の玉をぶつけると、白慧同様に叫び声を上げてその場に頽(くずお)れた。

「こっちだ! 白慧殿は俺が」

虞淵の声で森の中に駆け込む。意識を失っている白慧を虞淵に引き渡し、森の奥へ進んでいった。

「白慧殿はどうしたのだ、いったい」

先を進みながら虞淵が困惑したように尋ねる。

それもそのはずだ。いきなり煌月に刃を向けてきたのである。信じられないのも無理はない。

「わからぬ。しかし、白慧殿が向かってくる直前、『小慧、煌月を討て』という言葉が聞こえた。どうやらその声がきっかけで私を襲ってきたように思える」

「どういうことだ」

意味がわからない、と虞淵は首をひねった。

「小慧……というのはもしかしたら、白慧殿の子ども時代の愛称だったかもしれぬな。小さな子に《小》の文字をつけてよく呼ぶだろう。それにそう呼んだのは盧閣下の声のように思えた」

「では、白慧殿は盧閣下の手の者なのか」

虞淵は抱えている白慧を怪訝そうに見る。

煌月はそうは考えていなかった。というのも、煌月へ刃を向けたときの白慧の顔はとても正気とは思えなかったからである。また、それまで煌月を庇っていたのに、突然豹変したというのもおかしな話だった。

「いや、それは違うと思うが……しかし……」

なんともいえない不気味さを煌月は感じていた。

「とにかく、話は後だ。先を急ぐぞ」

虞淵の言葉に煌月は頷き、走る足を速めた。

追っ手を振り切ろうとするが、草むらを走るせいで、草木をかき分ける音からどうしても居場所が知られてしまう。逃げ切ることもできないまま、切り立った崖まで追い込まれてしまった。しかも真下は川である。川に落ちても凍えてしまうだろうが、このままではすぐに追いつかれ、捕らえられるか、殺されるか。いずれにしても命の危険が迫っていた。

「どうする」

虞淵に問われ、煌月は思案した。が、長く考え込むわけにはいかない。今にも追っ手がここまでやってくるのである。

ふと、あたりを見回すと樵が伐採した後に運びきれなかったと思われるような材木が数本転がっている。

「虞淵、手伝ってくれ。この木を川に落とす」

その言葉で虞淵は煌月の考えを察したのか、なぜと尋ねることもなく、白慧をその場に横たえると、煌月とともに次々に材木を落とした。重さと長さのある木を川に落としたために、大きな水音があたりに響く。

追っ手には、自分たちが川に飛び込んだと思わせるために、このようなことをしたのである。三本ほど川水に落とし、近くに残っていた一本を静かに崖下に転がして、自分たちも崖のすぐ下にある岩の窪(くぼ)みに身体を潜めた。

「うまくいくといいが」

煌月はそう独りごちる。あたりはすっかり暗闇に包まれているせいで、落ちたのがなんなのかはきっと判別できないだろう。水音が三つ、そして川に流れていく黒い影でごまかされてくれるといいが。

案の定、暗闇が功を奏して追っ手は煌月たちが川に飛び込んだと誤解し、少しばかりあたりを散策すると諦めたように戻っていった。

「危なかったな」

さしもの虞淵も苦笑いを浮かべる。相手は繹の丞相一行であるし、こちらは笙王その人である。お忍びであり、ほんの数人の戦闘であったが、中身はというと国同士が争っているということになる。相手に煌月の正体が知られてしまえば、大変なことになっていた。

「いや、まさか盧閣下に出くわすとは思わなかったぞ。心の臓が止まるかと思ったな」

全速力で駆けたため、さすがにはあはあと息を切らしている煌月に虞淵が「ところで」と切り出した。

「そういや、おまえがぶつけたものの中身はいったいなんだったのだ？　皆痛いと苦しんでいたようだが」

「ああ、あれか。あれは、山椒（さんしょう）と丁字（ちょうじ）とそれから生姜と……あとなんだったかな、なにか適当に、こう、刺激のあるものを粉にしてそれを紙に包んで丸めておいたのだ。まさか使うとは思っていなかったが、やはり備えは大事ということだな」

にっこりと笑う煌月に、虞淵は「はあ……」と苦笑した。

なにしろどれも非常に刺激をもたらすものである。個別でも刺激があるものの複数混ぜた粉など、目に入ればどれだけの痛みを与えるのか。煌月自身も調合しているだけで、目がピリピリしていたものだが、直接ぶつけられるとなると凄まじい痛みだろう。

「山椒に丁字に生姜……そんなものが目に入ったとは、聞いただけで涙が出てくる……なんとえげつない」

「まあまあ、死にはしないさ」

ハハハ、と煌月は笑う。虞淵はそんな煌月を複雑そうな顔で見つめていた。

「それはそうだが……」

そんな話をしていると、「う……ん」と横たえられていた白慧が意識を戻した。虞淵は警戒したが、煌月は平気とばかりに白慧へと近づく。

「白慧殿」

頭を抱えながら起き上がる白慧に煌月は呼びかけた。

「ご気分はいかがですか。手加減できなくて、少々強めに打ってしまいましたが」

そしてなにが起こったのかわからないというように困惑した表情を浮かべる。

「え……あ……あの……私は……」

そこに虞淵が割って入る。

「おまえさん、いきなり煌月に斬りかかってしまってな。覚えているか」

そう言われて白慧はひどく狼狽え、大きく目を見開いた。

「い、いえ……私が……本当に……？」

その様子を見て、煌月は大きく頷いた。

「覚えていないのですね？」

「……はい。いったい私は……」

「まあ、そのことはまた落ち着いてからでいいでしょう。まずはこちらも馬のところまで戻るのが先です。麓近くですし、隠してありますから、見つかってはいないと思いますが」

そう言って、二人を促した。

まだ白慧は困惑したような表情を浮かべていたが、先を急ぐことが先決だと煌月に従う。

そうして崖下から這(は)い上がると、今度こそより慎重に足を進める。

幸い、隠しておいた馬は気づかれなかったようで、のんびりとした様子でそこにいた。

警戒しつつ、馬を走らせたが、盧丞相一行が煌月たちを追ってくることはなく、ひとまず安堵したのだった。

「くそ、冷えてきやがった」

「馬を酷使してしまいますが、湯治場へ戻りましょう。さすがにここで野宿では凍えてしまいますからね」

「この真冬に川へ入ったおまえに言われたくないがな」

煌月が言うと、虞淵が憎まれ口を叩いた。また、虞淵の馬に同乗している白慧がそれを聞いて顔を顰めた。

「……無茶なことを」

「川に入ったといっても、せいぜい脛(すね)が水に浸かるくらいなものですよ」

けろっとして言う煌月に、寒さを想像したのか白慧はぶるりと身体を震わせた。

「なぜ川になど。いえ、そんなことより、もう少し御身を大切になさいませ」

「虞淵にもそう言われたな。病にでもなれば花琳様が心配するからと」

「まったくこいつときたら、いつもこうだから困るのだ」

横から口を開いた虞淵が大きく溜息をつく。

「とにかく、さっさと向かうぞ。俺は早く湯に浸かりたい」

虞淵は寒さに耐えられない、とばかりに馬に鞭（むち）を与え、速度を増す。

夜は急激に空気を氷のように変えていく。手綱を握る手もかじかんで、また耳も凍っているように冷たい。冷たいを通り越して痛みを感じている。持っていた山椒を手に擦り込むことで暖めてはいたが、けっして馬を走らせる手綱を緩めることはできなかった。

なんとか無事に湯治場にある宿に戻れたのは夜も随分と更けた頃だったが、思いがけない戦いを強いられたことと、長く馬に乗っていたことで疲労が蓄積しており、その夜はそれぞれ冷えた身体を湯で温め、休養を取るので精一杯だった。


翌朝、白慧の顔色がすぐれないことに煌月が気づいた。

夜明けとともに目覚めた煌月がふとあたりを見ると、すでに白慧が目覚めていて、寝台の上に座ったまま窓から外をぼんやりと眺めていた。

「白慧殿、顔色がよくないようですね。こんなに早くお目覚めにもなられたようだし、ゆうべは眠れなかったのですか」

身体が冷えきっていたために、熟睡できなかったのだろうか、と煌月は思慮する。湯で温まったとしても、長距離を馬の背で過ごしていたのだ。それも当然かと思いながら白慧に尋ねる。

その問いには白慧は首を横に振った。

「いえ、おかげさまで湯で温まったこともあり、ゆっくり休むことができました。さすがに湯治場とあってよい宿ですね。一晩中暖かくてほっとしました。疲労はすっかり取れているのですが、ただ……」

疲れが取れているにしてはすっきりとしない表情を浮かべている。

「気がかりでもあるのですか」

そう聞くと白慧は頷き、意外なことを口にした。

「――実は……盧という丞相についてですが……あれはおそらく耀兄――私の兄ではないかと思われるのです」

白慧は自分でも戸惑っているのか、どこか言葉を探すようにゆっくりと区切りながら煌月に告げる。

「兄上？　白慧殿に手紙を出されたというあの？」

「はい……」

白慧は頷いた。白慧は慎重な人間だと煌月は思っている。その慎重な人間がはっきりと頷くというのは、確信を持っているのだろう。

「ふむ。そう思われる根拠はなにかあるのですか。失礼ながらお話によれば、白慧殿は二十年も前に国をお出になられている。そのときから、兄上とは離ればなれになり、今まで顔を合わせてはいなかったのでしょう。当時の白慧殿はまだ幼い時分だった。五つとか六つとかそのくらいなのではなかったのですか？」

白慧は頷く。

「はい。まだ六歳の誕生日を迎える前でした。琪の王族は六歳になると、冠を与えられるのですが、その儀式の直前だったように記憶していますから」

「なるほど。それに兄上も二十年も経てば、もう面立ちなども変わられているのではないのですか。ましてやあの暗がりで、お顔を判別することは困難でしたが」

いくら白慧の記憶力がよくても二十年前の、それもまだ彼が幼い頃だ。はっきりと覚えているわけではないだろう。

「ええ。正直なところ、盧丞相のお姿を拝見しただけではきっとわからなかったでしょう。それが明るいお日様の下だったとしても」

「ではなぜ、盧丞相が兄上だったとそう思われるのですか」

煌月がそう尋ねると、白慧は懐からなにかを取り出した。そしてそれを手のひらに載せて煌月に見せる。

「これはゆうべの戦いの際に……盧閣下が落としたものです」

それは古い割れた魚符だった。が、普通の魚符より多くの細工が施されている。

魚符というのは、魚の形をした割符である。木や銅などで魚の形をつくり、その上に文字を刻み、それを二つに割ったものを両人が半分ずつを持って、二つ合わせて完全になるようにしたものだ。

役人が宮中に入るために用いたり、交易などで用いるためのもので自分を証明するものと言える。

白慧の持っていたものは銀でできていた上、少々複雑な形をしており、凝ったつくりのものだった。それを昨夜、盧丞相と剣の打ち合いになったときに彼が落としたものを白慧が拾ったのだという。

「これは魚符……のように見えますが」

「はい。おっしゃるとおり魚符です」

「少し変わった魚符ですね」

「ええ。……これは昔、兄上が私に作ってくれたものなのです。私が幼いとき、これを用いて官吏が宮中を出入りしているところを見て、とても欲しがりましてね。それでこれを特別に作ってくださり『お守りだ』と私に片方をくださいました。そしてもう片方は兄上が持っておりました」

しみじみと当時を思い出してでもいるのだろう、白慧は少し切なそうな表情をしながらそう言った。

「随分と仲がよかったと伺いました」

「そうですね。年が離れていたこともあったのでしょうけれど、兄上は本当に私を可愛がってくださいました。私の魚符はここに……」

そう言いながら白慧は腰帯の隙間から、もう片方の魚符を取り出す。合わせてみると、それはぴったりと合った。その瞬間、白慧は少しうれしそうに煌月には見えた。

「これを持っているのは兄上しかおりません。ですから——」

兄弟で分け合った魚符を持っていたことから、盧丞相が兄だと白慧は考えたようだった。

「それから声が……兄の声だと」

声、と聞いて煌月は昨日の小屋でのことを思い出した。

盧朱史がやってきたときの白慧の様子がおかしかった。あれは盧朱史の声を聞いて動揺していたのだ。幼い頃に聞いた声では確信が持てなかったのだろう。しかし、魚符を見つけたことで白慧は紛れもなく兄だと感じたという。

「なるほど。白慧殿のおっしゃるとおり、私も盧閣下が兄上ではないかと思っていました」

「煌月様もそう思われたのですか。ですがなぜ」

白慧は聞き返す。第三者の煌月がその結論に思い至った理由を知りたいようだった。

「……白慧殿、《小慧》という名に心当たりはありますか」

いきなりそんなふうに問われて、白慧は面食らったような顔をした。

「え、ええ。それは私が幼い頃……兄上にそう呼ばれていた愛称ですが、なぜ煌月様がそれを」

「実は、昨夜の戦いの際、『小慧、煌月を討て』という声が聞こえました。その声のすぐ後に、あなたが私に斬りかかったのです」

それを聞いた白慧は驚愕し、信じられないというように頭を振った。

「私がですか……!?」

煌月は大きく頷く。

「ええ。その声は盧閣下のものでした。あなたを小慧と呼ぶ方が兄上しかいないとするなら、盧閣下はおそらく兄上ではないかと私は考えました。もうひとつ、ここからは単なる推測でしかないのですが、あなたはその盧閣下の言葉で私に襲いかかった」

白慧は声も出せないでおり、煌月の顔をじっと見ていた。

「あれは暗示ではなかったかと。あのときのあなたの目には私という人間が見えていないようでした。ただの操り人形のような……なにがきっかけだったのかわかりませんが、彼はあなたを暗示のようなものにかけて、私を襲わせたのでしょう。暗示のやりかたによっては、何十年も後でも効き目を発揮すると聞いたことがあります。もしかしたら、盧閣下はあなたの幼い頃に、自分の思うさま操れるような暗示をかけていたのかもしれません」

白慧の話では盧朱史は魚符を落としたということだったが、果たしてそれは本当に過失によるものだったのか。煌月は盧朱史が白慧の姿に気づいて故意に落としたのではないかと疑っていた。

(案外、あの魚符が暗示のきっかけになっていたのかもしれぬ。……いや、それは飛躍しすぎというものか)

それは憶測でしかなく、そのため、白慧にはその考えを述べるのはやめておく。

だが、白慧は煌月の話を聞き、ひどく衝撃を受けたようで、その顔は蒼白(そうはく)だった。

「そんな……」

「すみません。少々刺激が過ぎたようです。横になられたほうがいい」

煌月は白慧の顔を覗き込みながら聞く。だが白慧は首を横に振った。

「いえ、大丈夫です。体調がすぐれないというわけではないので……」

「それならよいのですが」

「煌月様」

そう言って、白慧は顔を上げた。

「……でしたら、これはやはり罠だったのかもしれません」

険しい表情で白慧がそう言う。

煌月がどういうことかと聞き返そうとしたそのとき、虞淵が「ふわあ」と大きなあくびとともに起き出した。そして「なんだなんだ」と目を擦(こす)りながら暢気(のんき)な声を上げる。

「なんだ、二人とも。朝っぱらからそんな深刻な顔をして」

煌月と白慧の顔を交互に見ながら、虞淵はそう言った。

その間の抜けた声に、煌月も白慧も苦笑する。とはいえ、重苦しい空気だったのが、一気に晴れたような気がした。

「深刻な話をしていたのだ。虞淵のせいで話の腰を折られてしまったがな」

「え、なんだよ。俺のせいか」

「これから大事な話をしようというところだったのだが、まあいい。まずは食事にしよう。白慧殿、腹ごしらえをしてから、改めて聞かせてくれませんか」

話のわからない虞淵はきょとんとした顔をしていたが、白慧は煌月の言葉に「かしこまりました」と小さく頷く。

「ということだ。虞淵、飯にしよう」

そう言って、煌月は立ち上がると食堂へと足を向けた。

朝餉をとった後、煌月は虞淵に白慧の話のあらましを伝えた。

「なるほど。それで白慧殿は沈んでおられるわけだ」

白慧は食事もろくに喉を通らなかったようだった。自分が煌月へ危害を加えようとしていたことが、ことのほか堪(こた)えたらしい。しかも自分の意思ではなく、暗示によるものだったかもしれないことが、なおさら白慧の気持ちを沈ませているのだろう。

「兄上は私をどうしようと思っていたのでしょうか……」

白慧は唇を嚙みながらそう呟くように言った。

「というと?」

「残念ながら、心から私に会いたいと思って手紙をよこしたということではなかったのでしょう」

「そんなふうに考えるのは早計ですよ。本心を聞いたわけではないのですから」

煌月の慰めに白慧は小さく首を横に振った。

「いえ、今の兄上にとっては私など単なる駒のひとつに過ぎないのかもしれません。賊に襲われたことも、それから昨日、私が煌月様を襲ったこともすべて兄上の思惑のままだったとしたら……私はきっと兄上の手のひらの上で踊らされているのでしょう……兄上にとって私はきっと単なる道具でしかないのです」

「白慧殿……」

白慧にどう声をかけてよいものか、煌月は迷った。敬愛していた兄に裏切られていたかもしれないのである。かなり傷ついているに違いなかった。そんな彼になにを言っても慰めにはならないだろう。

白慧はそんな煌月の心を察したのか、小さく微笑んでいた。

そして、昨日言わなかったことをすべてお話しします、と言い置いて白慧は口を開いた。

「手紙には繹で私塾を開いていて、重い病で先が長くないから今のうちに会いたいとありました。琪の王家に連なる者で生きているのは私だけだと思っていましたから……驚きました。ただ、心のどこかではいきなりそんな手紙を送りつけてきたことを疑う気持ちもありました。会いに行ってもろくなことにならないのでは、と。あるいは私塾を開いているとありましたが、人には言えない職に就いている可能性もなくはありません。その場合、関われば私自身もどうなるか――それでもやはり私のことを可愛がってくれていた兄が生きているのであれば、会いたいと思ったのです」

しかし、旅の途中で白慧は賊に襲われてしまう。戦いのさなか川に落ちたが、親切な樵に助けられたおかげで命拾いはした。とはいえ、危うく命を落とすところだった。

「主街道である黒檀山の街道はこの時期、雪が多いため越えるまでに時間がかかります。こちらの街道は、道幅は狭く歩くのに難儀はしますが……風向きのせいなのでしょうけれど、黒檀山よりは雪の影響はありませんでしたから、こちらを選んで先を急いでいたところ、襲われました。今考えると、不自然というか……待ち伏せをされていたような気もします。賊が狙ったのは、金ではなく、私の命が目的だったのかと」

白慧は考えながら、言葉を選びつつそう言った。

「ふむ。盧閣下が兄上と同一人物であるとするなら、あの方の出自を知る者がいるのは面白くない……ということも考えられますね。繹の丞相であるということは、方々に敵も多いでしょうから、弱みをできるだけ見せたくないものです。おそらく彼は流刑に遭ったということをこれまで隠していたのでしょう。いくら琪の公子だったとはいえ、名前を変えているということは、その事実も丞相という地位に上り詰めるまでには邪魔なものだったのかもしれません。……いや、お命を狙うというよりは、白慧殿を生け捕りにしたかったのでは？」

煌月はある可能性について考えていた。言いながら考えをまとめていく。

「盧閣下は白慧殿をご自身の間者にしたかったのかもしれませんよ。あなたを操ることができたら、私の命を狙うこともできますからね。なにしろこれから私の妃となる方の一番の従者ですから、私の側近を除いては私に接触する機会は誰よりも多くなります。ですから人知れず攫って、なにかしらの術をかけた後にまた城に戻す……」

昨日の様子からしてあり得ないことではない、と煌月は考えていた。あの短い間にさえ、白慧は容易に自分を襲ってきたのである。おそらく幼い頃になんらかの下地は作られていたと考えるのが妥当だ。

「そう……かもしれません。兄上は私が生きているとどこかで聞きつけたのでしょうが、おそらくそれを知ったことで、私という駒が使えると……策を講じたとも思えます」

白慧の顔色はずっと青ざめたままだった。無理もない。幼い頃、ずっと慕っていた兄であり、可愛がってくれた兄に利用されているかもしれないというのは、彼の心をひどく傷つけたことだろう。信じられないと、きっと何度も自分の考えを否定したに違いない。

「……すみません、白慧殿には酷なお話でしたが」

煌月の言葉に白慧は小さく首を横に振った。

「いいえ、事実ですから。それに二十年も経っているのです。かつての私を可愛がってくれた兄とは違う、それを知れただけで十分かと。……置かれた環境で人は容易に変わるものです。私もあのとき乳母が私を連れ出してくれなかったら……花琳様と出会うことができなかったら……私も今とは違っていたでしょう」

いつもの冷静な白慧らしい言葉だった。そして白慧は続ける。

「ですが、私が暗示にかけられており、いつまた煌月様を襲うかもしれないと思うと、私はやはり皆様と離れていたほうがいいのかもしれません」

きっぱりと白慧はそう言うが煌月は首を横に振った。

「白慧殿のお考えはわかりましたが、証拠といえるものはなにもありません。暗示についてもまだどのように発現するのかわかりませんし、今のご様子は特に問題ないでしょう。すべて一度城へ戻って、それから改めて考えませんか」

「しかし……私が城に戻ったならば煌月様だけでなく、花琳様にも害が及ぶ可能性も……」

「白慧殿が花琳様から離れても同じことですよ。このまま城に帰らず、白慧殿の行方がわからないとあれば、敵は花琳様を人質に取るかもしれません」

「あ……」

白慧はハッと気づいたように息を呑んだ。

「であれば、白慧殿が花琳様のお近くにいても同じこと。むしろお側にいるほうが、花琳様もお守りできるのではないでしょうか。それに暗示をかけられている、という前提であれば、仮にあなたの様子が変わられても、対処もできようというもの。まずは暗示について詳しく調べてみるというのも一つの手ですよ。でなければ、ずっと暗示に縛られたままになりますから」

煌月に諭されて、白慧は静かに頷いた。

「そうですね……私の考えは甘かったようです」

「城ならば、勝手知ったるなんとかですからね。敵に勝つためにはまず自分の土俵に持ち込むことですよ」

にっこりと煌月は笑った。

「まずは、花琳様に元気なお顔を見せて差し上げましょう」

煌月としても白慧を連れ帰れば、花琳からの自分の株が上がる。少なくとも、これ以上嫌われることはないはずだ。ひとまずよかった、と内心で大きく胸を撫で下ろす。

とはいえ、油断はできないと煌月は気を引き締めた。

白慧がまだ生きていることや、冰の宦官となったこと、そして花琳に仕えていることを盧朱史はどこかで知ったのだろう。白慧自身は琪の公子だった頃から名前を特に変えることはなかったようだし、名前もありふれたものではないから、調べることは容易かったと考えられる。

花琳が単に冰の公主だったのであれば、盧朱史としても特に問題視はしなかったのかもしれないが、花琳はこのたび繹にとって煙たい存在である笙の王后になる。その王后に仕える白慧の存在は己の脅威になると盧朱史が考えたとしてもおかしくはなかった。同時にうまく利用すればこれ以上ない飛び道具だ。

どちらに転んでも自分の益になるように、策を講じたとしたら、とんでもなく頭の回る男である。それに幼い頃の白慧に、いつか自分の手駒にするためになんらかの術で暗示をかけたのが盧朱史その人なら、それはそれで非常に恐ろしい人だとも思う。

（盧閣下が白慧殿に手紙を送ったことは、やはり関わりがあるのだろうな）

煌月はこれまでのことを思い返していた。

この一年の間、繹を取り巻くいくつかの国で少なからずなんらかの事件が起こった。花琳が嫁ごうとしていた喬の舞踏病を筆頭に、笙でもその舞踏病の厄災が舞い降りるところであったし、また阿片がまさしく蔓延する寸前であった。そして今回の鉱山病——つきつめるとこれらはすべて繹の影響があったことは明白である。極論かもしれないが、もしかしたら一連の事件は盧朱史が裏で糸を引いていたとしてもおかしくはなかった。

（昨日、武器製造を急がせているような発言もしていたし……もしかして近々戦をするつもりなのか）

白慧のことのみならず、にわかに不穏なものを煌月は感じていた。

いずれにしても、ひとまず哥の街へ戻ることに決める。

その前に、鉱毒による被害を受けている村人には説明する必要があると、村に立ち寄った。

煌月の身分を明かすわけにはいかないため、虞淵が村の長と話をすることになった。

「まったく、貧乏くじだ。俺はこういうことは向かないんだが。文選でも連れてくればよかった」

はあ、と大きな溜息をつく虞淵に煌月は「まあまあ」とにっこり微笑む。

「おまえも将軍という職にある身なのだから、話をするくらいはお手のものだろうよ。詳しい説明は文官を名乗って私がするから、まあ、気楽に」

煌月がそう言うと、虞淵はじろりと横目で煌月を睨めつけた。

「なーにが文官だ。口だけはよく回る。……ったく、わかったよ。わかりました。笙王の命令だからな。部下の俺は言うことを聞くよ」

ぶつくさ言いながら、虞淵は村の長に自分たちが見てきた話と、煌月の推測を話した。さすがに普段から人の上に立つ身分である。自分には向かないと言いつつも、説得力のある言葉で長に説明をした。

「おお……なんということですか……」

長はその場に崩れ落ちるようにして地面に膝をつき、顔を両手で覆った。

村人にしてみたら絶望的なことだろう。飲み水のみならず生活用水のすべてを川の水に頼っているのだから。

そこに煌月がすっと前に出て、長の手を取った。

「この状況を王に伝えます。すぐに改善するように手配してもらいましょう」

「しかし……」

手配をするといっても、改善されるまでには時間がかかる。その間の生活をどうしたらよいのか、と長は悲痛な表情を浮かべた。

「少し先の湖の水は汚染されてはいないようです。幼子などはそちらへ一時的に避難されてはいかがですか。また雨水や雪を溜めるのもよいでしょう。あとは——」

煌月はそう言いながら外のとある木を指さした。

「この村では柑橘がたくさん取れますね」

「え、ええ。この村の特産で、今年は暖かかったのでついこの間まで収穫ができておりました。柑橘を搾って作った酢が評判がよいもので、様々なところからお求めいただいております」

いきなり柑橘の話をされて、長は面食らったようだったが、村自慢の特産物の話をした。

「その酢というのはこの村にまだたくさんありますか？」

「え、ええ。まあ……」

「では、その柑橘から作った酢をたっぷり加えて、水を煮沸してください。おそらく、沈殿物ができるだろうと思います。その沈殿物を濾したものであれば、飲んでも差し支えないと思います。不便でしょうが、できるだけそのようにしてください」

「しかし、それほど大量の酢はさすがに……」

長は口ごもる。いくら特産といえど、村で細々と作っているだけだ。村人すべてが毎日使うとなると心許ないのだろう。

「ご安心ください。都からも果実の酢ではありませんが、ここへ米酢などを運ばせましょう。酢であれば効果は同じですよ。それから医師と人手をすぐによこします。少しの間辛抱をしていただけたらと思います」

それを聞いた長は不安は残るものの、いくらかほっとしたようで、笑顔とまではいかないまでも小さく頭を下げた。

その場しのぎではあったが、悪化を防ぐ策を授けた後、煌月らは村を後にした。

「あの村のことは急務だ。文選に早く伝えねばならん」

煌月は馬に鞭を当てた。

「ならば急がないとな」

虞淵も馬の腹に足を当てた。虞淵の馬には白慧も乗っている。湯治場で馬を調達できたらよかったのだが、下手に動くと盧朱史に勘づかれる。そのため、馬の疲れは増すだろうが、虞淵の馬に白慧が同乗することにしたのであった。

哥の都へは、馬を精一杯走らせても三日半はかかる。途中の街で宿を求めながら、あと少しで到着するというところまで戻ってきた。

すでに日は暮れていたが、森を抜ければ哥の街にたどり着く。手前の街で宿を取るのをやめ、そのまま馬を走らせることにした。

月明かりだけという頼りない視界の中、哥への道をひた走っていたそのとき、ヒュン、ヒュン、という音とともに、煌月の目の前をなにかが横切った。

「矢だ！　気をつけろ！」

虞淵の声がしたとたん、その矢の一本が煌月の乗る馬を傷つけた。馬はその刺激に驚いたのだろう。ひどく暴れ、煌月を振り落とした。

「……っ！」

幸い、転げ落ちたところは草の深いところだったため、少し打ち身があった程度で、特に怪我はなかった。しかしそのとき、人の気配を感じた。と同時に白慧に何者かが斬りかかってきた。

「危ないっ」

煌月は白慧を庇い、腕を斬りつけられる。

「煌月様！」

「大事ありません。それより敵の数が多い」

さらに襲ってくる賊の刃をすんでのところで躱したが、怪我のせいで体勢を崩す。だがすぐさま煌月は立て直し、次々に襲い来る刃を受け流した。

「何者だ！」

煌月はそう尋ねたが名乗るはずもない。盗賊だろうかと思ったが、盗賊にしては剣筋が訓練したもののそれだ。しかも相手は十人ほどもいる。

煌月だけでなく、虞淵や白慧も苦戦を強いられていた。草むらを駆ける音や金属を打ちつける音が煌月の耳に届く。

「くっ……！」

闇夜に紛れて剣だけでなく、弓を操る者もいるらしく、ヒュン、という矢を飛ばす音が聞こえ、何度か煌月の肝を冷やした。飛んでくる矢と振り下ろされる切っ先を躱すのは至難の業だった。いくら煌月が武術にも秀でているとはいえ、相手もおそらく武人である。油断をすれば、こちらがやられてしまう。

かろうじて一人倒したところで「死ねっ！」と、相手の剣が振り下ろされた。それを煌月は剣で受け流す。だが遠距離から射られた矢が煌月の左肩に突き刺さる。

「く……っ！」

しまった、と思ったが、矢に気を取られているわけにいかない。剣を持った相手が振りかぶりながら突進してくるのをいなし、その背を斬りつけた。さらにもう一人もなんとか倒すことができたが、思いのほか肩に深く矢が刺さっていた。

「煌月……！」

どうにか敵勢を倒しきったのだろう。あたりに殺気めいた気配はなくなった。そうしてすぐに虞淵と白慧が駆けつけてきたが、煌月の肩を見て顔を顰めた。

「煌月様、大丈夫ですか」

「ええ、腕に傷と……矢を受けてしまいましたが、なんとか。白慧殿はお怪我はされませんでしたか」

「私も少し腕を斬られてしまいましたが、かすり傷です。煌月様のほうがひどい怪我を」

白慧はそう答えたが、煌月が見る限り傷は浅くはない。

「このくらい平気ですよ。……しかし、下手を打った。これが案外深く刺さっているようでね。——虞淵頼む。抜いてくれるか」

そう頼むと、虞淵はくっ、と歯噛みした。煌月に怪我をさせたことを悔やんでいるらしい。とはいえ、この程度の怪我ですんだことは不幸中の幸いだろう。

（あれは……おそらく盧朱史の手の者だろう。かなり腕の立つ者ばかりだった。だが思っていたより、手を打ってくるのが早かったな。暗示が解けた白慧殿を当てにできないと思ったのかもしれぬ。しかし予見できなかったのは痛い）

「虞淵、頼む」

「……承知した。――いいか、堪えていろ」

そう言って、虞淵は煌月の腕と矢に手をかけると、一気に引き抜いた。

「――――っ！」

激痛が走ったが、虞淵はうまく矢を抜いてくれ、鏃が肩に残ることはなかった。戦での手当てに慣れた虞淵が持っていた布で止血をする。

「これで大丈夫だろうが、城に戻ったらきちんと手当てをしなくては」

「ありがとう。すまなかった。――しかし……参ったな。馬が全部逃げてしまったぞ」

二頭の馬は、この騒動で怯えて逃げてしまった。馬のいななきも気配もまるでなかった。

「少しそのあたりを見て参ります。近くにいるかもしれません」

そう言って白慧は馬を捜しにいく。

虞淵は煌月をその場に座らせた。少しでも体力を温存させるためだろう。

「動くと血が止まらぬ。血が止まるまでしばらく休んでおれ」

虞淵の言葉に煌月は「ああ」と返事をした。

空を見上げると、月が皓々と照っており、星がちかちかときれいに瞬いていた。こんなきれいな夜空の下で襲われるとは、と煌月は嘆息する。

「こんなことなら宿を取って、明るくなってから戻ればよかったな」

煌月は苦く笑った。

「そんな口が叩けるようなら上等だ。まあ、先を急ぐことに賛成したのは俺もだから同罪だ。——ときに、あの輩どもは件の盧閣下とやらの手の者だろうか。かなりの手練れであったぞ」

どうやら同じことを虞淵も考えていたらしい。煌月は頷いた。

「そうだろうな。案外……あのときに私の正体にも気づいていたのかもしれぬ。あの方とは一度直接お目にかかったことがあるのでな。暗がりではあったが、まったく見えないというわけではなかった。抜け目ない方だ。気づいていた可能性はある」

「だとしたら、白慧殿だけでなく、おまえも狙われたってことか」

「繹にとって……あの方にとっては、私も邪魔な存在だ。執拗に私の命を狙っていたこともある。いつでも始末したいと思っているのだろう。……はてさて厄介なことだ」

そんな会話をしていると白慧が一頭だけ、馬を引き連れて戻ってきた。

「なんとか一頭は見つけることができました」

「でかした、白慧殿。おい、煌月、おまえは馬に乗れ」

怪我人はおとなしく馬に乗っていろと虞淵に言われ、煌月はしぶしぶ馬に乗る。ここで強がっても、仕方ない。鏃に毒は塗っていないと思っていたが、どうやら遅効性の毒薬が塗られていたようで、身体が重くなっていた。煌月自身毒には強いため、まるで身体が動かないということはなかったが、歩くのには支障をきたすだろう。また、疲労も募っていたことや、多く出血したこともある。馬が見つかってよかった、と内心でほっとしながらも意識を保っていられなくなった。

第四章　煌月と花琳、雨降って地固まる

「煌月様がお出かけになってからどのくらい経ったかしら……ねえ、秋菊」

はあ、と花琳は大きく溜息をつく。

煌月も、そして白慧もいない宮中というのはどこかうすら寒くさえ思える。ただでさえ冬の寒さが堪えるのに、なおのこと寒く感じてしまう。

風狼が花琳の溜息を聞いて、「クウン」と鼻を鳴らしながらすり寄ってきてくれるが、風狼を抱いていても満足するほど暖かくはならなかった。

せっかく新しい本を手に入れたのに、目は文字を上滑りしてまるで身が入らない。こんなことははじめてだった。

「そうですね。もう半月にもなりますか」

秋菊もせっかく出したおやつがまったく手をつけられていないことに気づいて、小さく目を伏せる。甘いものも花琳の気持ちを上向かせることができなかった。

「いつお戻りになるのかしら……ご無事でいるといいけど。でも、ただ調査に向かわれた

だけなのに、こんなにお帰りが遅いものなのかしら。白慧も戻ってこないし……」

はあ、と花琳はもうひとつ大きな溜息をついた。

「やっぱり、私がずっと不機嫌にしていたから、煌月様は私をもう嫌いになってしまったのかも……。だから城にお戻りになりたくなくて、こんなにお帰りが遅いのかもしれない」

花琳は不安に駆られていた。

ずっと自分が不機嫌な態度をとったから、煌月にもう嫌われたのではないかと、このところずっとへこんだり、情緒不安定になったりしていた。

「そんなことありませんよ、花琳様。煌月様は花琳様のことを嫌いになってやしませんから」

そう秋菊は宥めるものの、花琳は日が経つほどに不安を増していく。

「だって私、すごく嫌な子だったのよ。意地悪もいっぱい言ってしまったもの。ああ、もう、なんであんなに嫌な態度をとってしまったのかしら」

花琳は卓子の上に頭を伏せる。

「花琳様の意地悪など意地悪のうちに入りませんから。心配なさらずとも、すぐにお帰りになりますとも」

「そうかしら。……でも、でもよ。旅先で、お忍びで湯治に来ていた美しいお姫様と出会って、あっという間に恋に落ちてしまっているかもしれないじゃない。私なんかと違って、たおやかで教養があって歌もうまくて……。そしたらきっと煌月様は私よりもその美姫（びき）をお選びになって、私はここを追い出されるんだわ。ううん、煌月様と新しい王后のイチャイチャを横目に見ながら、この李花宮で人知れず一生を終えるのよ……ううっ」

半べそをかきながら花琳の語るこのくだりを秋菊が聞くのも、そろそろ両手では足りなくなってきた。想像力が旺盛な花琳をこれまで微笑ましく見守ってはいたし、ときにはその妄想話を楽しく聞いてもいたが、悪い方にまで想像の翼を広げるのはいかがなものだろうか。

そもそも花琳の愛読書のような運命の恋などそうそう転がっているわけではない。だが、そんなことを言っても今の花琳の耳には入らない。花琳の頭の中はすっかり煌月と妄想の中の好敵手でいっぱいなのだから。

とはいえ、いい加減秋菊もおなかいっぱいである。そろそろ煌月にも白慧にも戻ってきて欲しい、と秋菊は花琳に同情しつつもそんなことを思うのだった。

「少し外に出てみてはいかがですか？　ずっと房の中にいてはよけいに気分も滅入ってしまいますよ。新鮮な空気を吸えばまた気分も変わりますから。そうそう、御花園の池に氷が張って、きらきらと光ってとてもきれいだと伺いましたよ。秋菊がおともいたしますから、行ってみませんか？」

秋菊の誘いに花琳は正直なところ気乗りがしなかった。だが、一日中うつうつとしていて秋菊に迷惑をかけているのも自覚している。

「そうね……行こうかしら」

秋菊の言うとおり、外の空気に触れれば少しは気が紛れるだろう。このところずっと引きこもっていて、風狼も運動不足になっている。御花園を散歩するのはいいかもしれないと花琳は立ち上がった。

御花園の花は冬とあって、咲いているものはなかったが、空はすっきりと晴れていて、松の枝に雪が乗っているのがなんともいえず美しい景色だった。秋菊の言葉のとおり、池には氷が張っていて、日の光を浴びて宝石のように光っている。そこに小さな鳥が氷の上をよちよちと歩いているのがまた可愛らしかった。

「秋菊に誘ってもらってよかったわ。こんなにきれいな景色を見られたんですもの。李花宮の中にいたら見られていなかったのよね」

水晶のような氷も、ふんわりとした泡のような雪も花琳のささくれた心を癒やした。

するとそのときだった。

「花琳様……！」

珍しく血相を変えた文選（ぶんせん）が、花琳へ向かって駆けてきた。

こんな慌てきった文選は今まで見たことがない。彼は冷静沈着を絵に描いたような男で、滅多に取り乱す様子など見せたことがないのである。だが彼は息を切らして走ってくる。

「こちらにいらしたのですか。李花宮にいらっしゃいませんでしたから、お捜ししました」

息を整えながら文選が言った。

よほど花琳を捜し回ったのか、額には汗が浮かんでいる。

「たった今、主上が戻って参りました。白慧殿もご一緒です。ただ……お二人ともひどい怪我を」

文選は声を絞り出すようにそう言った。


帰城したとはいえ、ひどい怪我を負っていると聞いて、花琳は気が気ではなかった。文選の言葉が夢かと思ったくらいだ。

「主上が怪我を負ったことはくれぐれもご内密に。それゆえ、普段主上がお過ごしになられている清祥殿ではなく、永寿殿にて静養いただくことにいたしました」

永寿殿と聞いて、花琳ははじめてこの国にやってきた日のことを思い出した。あのとき自分と白慧は煌月の客人として、永寿殿でしばらくの間過ごしたのだった。あのときはなにもかも楽しくて仕方がなかった。

（見るもの聞くものがすべて楽しくて、こんなに美しい国があるのだと思って……煌月様もやさしくて……たくさん笑ったのだったわ）

懐かしいと思うのと同時に、その思い出の永寿殿にこんなふうに向かうなんて——とやりきれない気持ちを抱えながら、文選に伴われて、秋菊とともに永寿殿へ赴く。

（煌月様……白慧……ひどい怪我だなんて……）

広い城内がいつもよりももっと広く思えた。歩いても歩いてもまだ永寿殿にはたどり着かない。泣きそうになるのを堪えながら、花琳は向かった。

「主上は肩に深く矢傷を受けております。また、その矢に毒が塗られていたらしく……おそらく疲れもあったのでしょう。毒には強い主上も、今回ばかりは臥せっておられます。幸い、大事には至っていないと御殿医は申してますが」

それを聞いて花琳は思わず両手で顔を覆った。

「毒が……」

——四六時中このようなことがあると、悲しいことに身体が慣れてしまうのですよ。だから平気なんです。

一番はじめに招かれた宴で、毒を盛られた煌月はそんなふうに悪戯っぽい口をききながら花琳を安心させようとしていた。

薬の話になると、まるで子どものように目をキラキラとさせて無邪気にいつまでも話をしている人。いつだって花琳を助けてくれて、花琳の夢見がちなところもけっして馬鹿にすることはなかった。

「煌月様……！」

永寿殿に着くと、秋菊を房の外に待たせて、花琳は寝所に飛び込むように駆け込んだ。真っ先に目に入ってきたのは、寝台の上で臥せっている煌月の姿である。毒のせいで苦しいのか、うわごとを言っているようでもあった。

「花琳様、申し訳ない」

そう言って現れたのは虞淵である。虞淵は無傷のようだったが、激しい戦闘をしてきたのか、まとっているものは破れていたり、ひどい汚れがついていたりしている。

「虞淵様……おかえりなさいませ。ご無事で……」

花琳がそう声をかけると虞淵は「すまなかった」と頭を垂れた。

「煌月をこんな目に遭わせてしまった。矢傷を負わせてしまった上、毒のせいで……高熱が……。哥の街に入るところまではなんとか意識もあったのだが。守りきれなかったのは俺のせいだ。慚愧の念に堪えない」

虞淵のこんな苦しげな顔を見るのははじめてだった。

主君であり親友に傷を負わせてしまったことは彼にとって、非常に不本意なものであっただろう。どんな状況下にあったか花琳は知らないが、虞淵のこのくたびれきった姿を見るにつけ、仕方ないことだったのだけは想像できた。

「ううん……虞淵様が煌月様のことをなにより大事に思われているのは私もよく知っているわ。ご自分を責めないで」

「かたじけない……。だが、花琳様のお気持ちを考えると……申し訳なく」

「私のことなんかいいの。まずは煌月様のご回復をお祈りしなくちゃ。それより、虞淵様こそ随分とお疲れなのでしょう？　まずはゆっくり休まないといけないわ」

虞淵は花琳の言葉に頷くと「あいつについてやってくれ。それから向こうに嬢子のお望みの人を連れて帰ったぞ。約束は守ったからな」と指さした。

それを聞いて花琳はぱっと顔を上げ、虞淵が指さしたほうを見る。

続きの間には長椅子にかけて手当てを受けている者がいた。

「安心しろ。白慧殿はけっして花琳様を嫌いで出ていったわけじゃない。事情があってそうせざるを得なかった。それだけはわかってやってくれ。煌月は俺が見ているから、まずは白慧殿と話をするといい」

虞淵の言葉を聞きながら、花琳はゆっくりとした足取りでその部屋へ向かう。

留まっている蝶(ちょう)を捕まえるときには、そっと忍びながら近づくものだ。そうしないと気配を感じて飛んでいってしまう。そのときと同じように、急いで駆け寄ってしまえば、またどこかに行ってしまうかもしれない、そう思いながら。

長椅子に腰掛けている者は、花琳が幼い頃からずっと側にいた大切な家族――白慧だった。

彼は、肩から腕にかけて包帯を巻き、首から提げた布で腕を吊っていた。他に顔にも切り傷を作っている。ひどい怪我をしたと文選は言っていたが、確かにあれではかすり傷とは言えないだろう。

だが久しぶりの白慧の姿に花琳はうれしさが込み上げた。

「白慧！　戻ってきてくれたのね……！」

花琳は白慧の側に駆け寄るが、彼は目を逸らして花琳の顔を見ようとはしなかった。

「どうしたの、白慧。どうして私のほうを見てくれないの」

まさか白慧に避けられるとは思っていなかった花琳は悲しくなって、涙をこぼす。

ようやく帰ってきてくれたと思ったのに、会えてうれしかったのに。

すると白慧は「……合わせる顔がありません」と肩を震わせ、小さな声でそう言った。

「なぜ？　どうして？」

花琳は白慧の足下にしゃがみ込んで彼の手を握り、その顔を覗き込む。白慧は唇を引き結び、眉を寄せて辛そうな表情をしていた。

「……花琳様に無断でお側を離れ、勝手な振る舞いをした上、煌月様は私を庇われてひどいお怪我を……」

申し訳ありません、と白慧は花琳に言い続けた。それを聞いて花琳は白慧にしがみつき、彼の膝を拳でドンドンと叩いた。

「ばか！　白慧のばか！　戻ってきてくれただけでいいの。無事に私のところに戻ってきてくれただけで……それだけで十分なのよ。なのに白慧ったら……！　ばかばか！」

なぜだか悔しくて悲しくて仕方なかった。白慧にそんなふうに思わせてしまう主であることが、自分の力量のなさを思い知らされているみたいでやりきれなかった。

花琳は涙をぼろぼろとこぼす。

「もう黙って離れていっちゃ嫌よ。絶対許さないんだから……！　白慧はこれからだってずっと私の従者なのよ。……ううん、家族なのだから。だから……どこにも行かないで」

わんわんと泣いて白慧に訴える。やっぱり白慧がいないのは寂しい。いつだって花琳を厳しくそしてやさしく見守ってくれた大好きな兄のような存在。血の繋がった親兄弟よりもずっと近しい――。

「花琳様……はい、ずっとお側でお仕えいたします……ええ、もうどこにも参りません。お約束いたします。……白慧はこれからもずっと花琳様とおりますよ。ですからもう涙をお拭きください」

白慧は花琳の頬に流れている涙を袖口でそっと拭った。

「白慧……」

「花琳様、私のことはともかく、早く煌月様のお側に。煌月様は花琳様のことをとても気にかけておいでです。花琳様がお側にいればきっとご回復も早いはずです。さあ」

白慧に促されて、花琳は再び煌月の寝所へ向かった。

寝台を覗き込むと、煌月の顔色は悪く、息も荒かった。苦しさのせいか冷や汗もかいているようだった。

「ご容態は……？　煌月様はご無事なのでしょう？　ちゃんとお目覚めになるのよね？」

振り返って、白慧の手当をしていた御典医に尋ねる。医師は大きく頷いた。

「ええ、ええ。もちろんですよ。命に別条はありませんゆえ。毒消しも飲ませておりますし、なにより、主上ご自身は毒にお強い御方です。今は、傷が思いのほか深いせいで熱を出しておられるのと、毒が抜けるまで少々苦痛が伴っているでしょうが、じきにお目覚めになります。とにかく水を飲ませて、こまめに汗を拭いてあげるとよろしいかと」

この御典医を煌月は非常に信頼していると聞いたことがある。その医師が太鼓判を押しているのだ。きっとすぐによくなるのだろう。

だがそうはいっても、目を覚ますことなく、とても苦しんでいる様子の煌月を見ているのはとても辛い。それに、と花琳は煌月の身体へ目をやった。

手当てはされているものの、肩や腕は包帯でぐるぐるに巻かれている。しかもその包帯には血が滲(にじ)んでいて、痛々しさに思わず目を背けるほどだった。

花琳は側にある手水桶(ちょうずおけ)に浸してある手巾を絞ると、煌月の額の汗をそっと拭く。触れた煌月の額はひどく熱い。

早く熱が下がりますように、と祈りながら花琳はもう一度冷たい手巾を煌月の額に当てる。

医師は水を飲ませろとも言った。だが目覚めない煌月にどう水を飲ませろというのか。茶碗と水差しはあるがわからなかった。しかし水を煌月に飲ませなければならない。

「お水はどうやって飲ませたらいいの？」

花琳は食いつくように医師に聞く。

「そうですね。匙(さじ)で少しずつ口の中に入れてあげるとよいでしょう」

「匙で……」

匙で少しずつ、というのはかなりの手間だし、毒を抜くほどの水を飲ませるとなるとひどく根気のいることになる。が、花琳はきゅっと唇を噛んで「私がやらなくちゃ」と決心した。

「わかりました。煌月様のお世話は私がするわ」

そう医師に言うと、花琳は茶碗に水を注ぎ匙でその水をすくった。そうして水の入った匙を煌月の口元に持っていく。薄く開いた彼の唇の隙間にその水を流し込むようにして入れた。

すると煌月の喉が上下するのがわかった。水を飲んだのだ。

「ねえ、飲んだわ。煌月様がお水を飲まれたの……！」

じんわりと花琳の胸に温かくなるような感覚が広がる。今はほんの少しだが、このまま飲ませ続けることができるなら、と希望のようなものが生まれた。

「おお、その調子ですぞ。ゆっくりでよいですからな。お水を飲ませて汗を拭いて差し上げてくだされ。——では私は薬湯を煎じて参ります。虞淵殿と白慧殿も、回復するためには十分な休養を取られることが大事。ここは花琳様にお任せして休まれるがよい」

医師は花琳に、なにかあればすぐに呼び出すようにと言い置いて、その場を立ち去った。

虞淵と白慧もさすがにこれ以上は体力も気力も限界のように花琳にも見て取れる。

「虞淵様も白慧もゆっくり休んで。秋菊もいるし、私は大丈夫だから」

その言葉に二人は「お言葉に甘える」と従者に付き添われ、房の外へ出ていった。

二人を見送った後、花琳はさっきしたように、ゆっくりと煌月に匙で水を与え、手巾を水にさらして絞っては常に冷えた手巾で煌月の汗を拭う。手巾を当てているときは煌月の表情がやわらぎ、気持ちよさそうにしているように思える。

（きっと冷たいのが気持ちいいのね）

「いかがですか」

そう声をかけながら、花琳は汗を拭っていった。煌月は返事をしないが、いくらか息も落ち着きはじめている。

（ご無事でよかった……でもこんなにお辛そうにして……）

この辛さを自分も半分分かち合えたなら、もっと彼は苦しまずにすむだろうか。

先ほど医師が命に別条はないと言っていたから、花琳もそれを信じるだけだが、もしこのまま死んでしまったら、と思うと心底ぞっとする。人など、実にあっけなく死んでしまうものだ。

（喬の王太子様も、お会いする前に亡くなってしまわれたし……）

医師が太鼓判を押したとはいえ、このまま目を覚ますことなく、この世を去ってしまったら……花琳はぎゅっと目を瞑った。

（生意気な態度をとってごめんなさい。煌月様がお目覚めになったらいっぱい謝ります。だから……だからお願い。早く目を覚まして……）

祈りながら、花琳は煌月に匙で水を与え、そして冷たい手巾を額に当て、その手巾がぬるくなるとまた冷たいものと取り替える。

そうしてどのくらい経っただろう。医師はまだ戻ってこない。薬湯を煎じているにしては随分長い時間がかかっているようだ。

匙で水を与え続けていたが、だいぶ飲んでくれたようで、そろそろ茶碗に入れていた水も少なくなってくる。花琳は立ち上がって卓子へ向かうとその上にのっていた水差しに手をかけた。

「……う……ん……」

そのとき、寝台から声がする。ハッとして花琳が振り向くと、煌月が目を覚ましかけていた。

「煌月様……！」

手にしていた水差しを離し、寝台へ駆け寄る。

花琳が煌月の顔を覗き込むと、ちょうど煌月は目を開けた。

「……花琳様……？」

まだ朦朧（もうろう）としているようで、目を何度も瞬（しばた）かせていたが、煌月は花琳の姿を認めて名前を呼んだ。

「はい、そうです。煌月様、お目覚めになったのね。よかった……本当によかった」

思わず花琳の目から涙がこぼれる。こんなにうれしいことはない。

「ここは……」

煌月はそう口にしながら、あたりを見回した。だが頭を動かすと不快なのか、顔を顰める。

「……城に戻ってきていたのですね」

虞淵が哥の街に入るところまでは意識があったと言っていたが、それから先、すなわち城に戻るまでの記憶はないのだろう。煌月はほっとしたように呟いた。

「ええ、そうよ。煌月様。虞淵様と白慧と一緒にお戻りになったの。それから煌月様はお熱を出されていて……とても苦しそうにしていたの」

花琳がそう言うと、煌月は自分の額の上にのっている手巾に気づく。それを手に取ると、ぎこちなく首を動かして花琳のほうを見た。

「これは花琳様が……？」

聞かれて花琳は頷いた。

「はい。……その……冷たい手巾を宛てがうと、煌月様が少し心地よさそうだったから」

「そうでしたか……お世話をかけましたね」

「ううん、ちっとも。それよりも、煌月様がずっと苦しそうにしているのを見るほうが辛かったもの。こんなことくらい全然平気よ」

花琳は袖で涙を拭きながらそう言い、そして続けた。

「あのね、煌月様がお帰りにならないのは、私が嫌な態度をとったせいだろうって思っていたの」

それを聞いて煌月が床の上で小さく首を振る。

「そんなことはありませんよ。私のほうこそ、寂しい思いをさせてしまったようですね。どうも私は人の気持ちの機微には疎いものですから……それに、自分から好きになった女性にどう接していいのかも、正直なところよくわからなくて」

「ううん、私が勝手に夢を見ていただけ。煌月様はいつだっておやさしかったわ」

嫌な態度をとってごめんなさい、と花琳は謝った。

自分から好きになった、と煌月が言ってくれたその言葉がなによりうれしく、けれどそれを聞きたいために拗ねていた自分がひどく恥ずかしかった。

すると、煌月はゆっくりと手を動かし、花琳の手を探し当ててその手に触れる。

「どうやら私たちはもっとお話をする必要があるようですね。……ああ、そうか。その話をする時間を私は自分から結果的に拒んでいたのですね。今までは自分だけのことを考えていればよかったけれど、これからは花琳様のことを第一に考えましょう。そうか虞淵や文選が言っていたのはそういうことですね」

「虞淵様と文選様が？」

花琳は小首を傾げ聞き返した。その顔を見ながら煌月は苦笑する。

「ええ、ひどく叱られたものです。もっと花琳様を大事にしろと。……本当に……あなたにそんな泣き顔をさせたくなかったのですが……結果的に私があなたを泣かせてしまいました。それに花琳様は嫌な態度をとったとおっしゃいましたが、それは私自身の配慮のなさにあなたが不満を抱いただけのこと。本当に申し訳なかったと思います」

熱のせいで辛いのか、はあ、と息をつきながら煌月が言う。

「そんなにたくさんお話しになったら疲れてしまうわ。もうお休みになって」

花琳は煌月が話すのを止めようとした。辛そうな煌月にこれ以上無理をさせられない。

だが、煌月は「最後まで話をさせてください」と言い張った。

「……刃を向けられ、矢で射られたときに、このままあなたに会えなくなったら……と。そんなことになるものか、とその一心で戦い、帰ってきたのです。こうして……花琳様にまた会えて、この目でお顔を見ることができてよかった」

そう言って、じっと花琳の目を見つめる。花琳はその目から目を離すことができなくなる。こんなふうに熱い目で見つめられたのははじめてだった。

すると煌月は花琳に微笑みかける。

「こちらへ……。身体を起こすのを手伝ってくれますか」

煌月は花琳の手を借りて、身体を起こす。

「大丈夫ですか？　無理しちゃいけないわ」

「平気ですよ。花琳様が介抱してくださったおかげで、だいぶ身体が楽になってきました」

見ると先ほどよりもずっと顔色がよくなっている。毒が薄れてきたのかもしれない。水をたくさん飲ませてあげられてよかった、と花琳も内心でほっと胸を撫で下ろした。

煌月が「花琳様」と声をかける。

「花琳様……いまさらですが、私とこれからの時間を一緒に過ごしていただけますか？　あなたの笑顔を私はお側で見ていてもよいでしょうか。どうにも私はあなたの笑顔がとても好きなようなのです。あなたが笑っていてくれたなら、私はとても幸せな気持ちになるのですよ」

そう言いながら煌月は花琳の手を取った。そうして強く握られる。

「……好きですよ、花琳様」

煌月が花琳にそう告げる。花琳は今なにを言われたのだろうと、目を丸くして煌月の顔を見ると、彼はふっとやさしく笑みをこぼした。

「好きですよ。あなたのことがとても。あなたは？　花琳様は私のことを好きになってくださいますか」

突然の告白だった。

まさかこんなふうに好きと言われるなんて……と戸惑う気持ちと、うれしい気持ちとが花琳の胸の中でない交ぜになる。そしてその胸の中はじわじわと幸せな気持ちでいっぱいになっていった。

「私だって……私も……煌月様のこと好きに決まっているじゃない。好きじゃなかったら、こんなに煌月様のことで怒ったり泣いたり心配だってしやしなかったもの……」

声を震わせそう言う。目からはまた涙がこぼれていく。

だが、この涙はうれし涙だ。幸せな気持ちが涙になってこぼれていく。

煌月はそっと花琳の頰に手を触れる。そうしてゆっくりと唇が重ねられる。これまで花琳の胸の中で巣くっていたもやもやは霧散し、幸せな気持ちが胸の中を埋め尽くした。


「花琳様もお休みになられたほうが」

秋菊がそう心配するほど、花琳は煌月が起き上がれるようになるまで献身的に世話をした。

「平気よ。私が一番元気なのだし、秋菊だって白慧の世話もあるのに、こちらも手伝ってもらっているのよ」

「私はこういうことは慣れていますから。それに白慧様はひとりでなんでもやっておしまいになられますし、それほど仕事はないのですよ」

言いながら、秋菊はてきぱきと水差しの水を換えたり、使用した茶碗を下げたりしている。

「よう、具合はどうだ」

虞淵が顔を出した。虞淵はこうして毎日煌月と白慧の見舞いに来る。

「ああ、上々だ。おかげで傷の具合もだいぶよくなった。腕のほうはすっかりいいのだが、肩はまだ動かしづらくてな」

煌月はぎこちなく肩を動かすが、痛みがあるのか、渋い表情をした。

「そうか。肩は痛めるとよくなるまで時間がかかるものだ。傷が癒えたら、徐々に動かしたほうがいい。でなければ、前のように動かせるようになるまで、難儀するぞ」

「なるほど。そのときには稽古をつき合ってもらうとするか」

「ああ、任せておけ。俺の軍のやつらと同じように特訓してやる」

ははは、と虞淵は大笑いをする。

「それにしても、こう毎日私の見舞いなんぞにやってきて、将軍様はそんなに暇だったのかな」

にやりと煌月が笑う。

「まったく元気になればなったで口の減らないやつよ。親友の見舞いにやってきてどこが悪い」

あーあ、と虞淵が呆れ声を出した。

「いや、悪いことはないが、てっきり私よりも他に目当てがあるのかと思ってな」

ふふ、と煌月はなにか含むような笑みを浮かべる。

「な、なにを言っているんだ。他に目当てなんぞ……」

そう言う虞淵の顔は真っ赤に染まっている。

花琳は二人の会話がはじめはよくわからなかったが、虞淵がさっきからちらちらとなにかを気にするように見ているのを察して、「ああ！」と大きな声を上げた。

「あら！　そうだったのね。もしかして虞淵様は秋菊のこと……！」

そう、虞淵の視線は秋菊に注がれていたのである。

秋菊は特別、美女、というわけではないが、整って品のいい顔立ちをしていて、いつも笑顔を絶やさない。また、大店で生まれ育ったため、所作もきれいである。それになにより働き者だ。

花琳は思わずにんまりとした。

そして秋菊のほうを見ると、こちらも頬を染めていて、どうやらまんざらでもなさそうである。

改めて花琳は二人へ交互に視線をやる。

なるほど、非常にお似合いだ。

「さすがに虞淵様ね。お目が高いわ！　秋菊に目をつけるなんて」

将軍の虞淵が民間人の秋菊を娶るのはなにも問題ない。花琳はにわかにうれしくなる。

二人が夫婦になることを想像して、いつもの妄想力がむくむくと湧き上がってきたのである。

「そうよ！」

いきなり花琳が両手を合わせてぱちんと叩いた。

「ねえ、虞淵様。お願いがあるのだけれど」

「お願い？」

虞淵がきょとんとした顔で聞き返す。

「あのね、秋菊のおうちにお菓子をお願いしているのだけれど、二人でそれを取りにいってくださらない？　そして帰りに書肆に寄って本を買ってきてくれないかなって。いつもは白慧にお願いしていたのだけれど、まだ白慧は本調子じゃないでしょう？　秋菊はひとりで城を出るわけにはいかないのだし、虞淵様が一緒に行ってくれたらと思うのだけど、どうかしら」

花琳のその提案を虞淵は断ることはなかった。

「花琳様は策士ですね」

秋菊と虞淵が二人揃って出かけた後に、煌月がくすくす笑いながらそう言った。

「そうかしら。でも……策士の第一人者、煌月様にそうおっしゃっていただけて光栄だわ」

ふふ、と花琳はまんざらでもない笑みを浮かべる。

「ええ。虞淵はたいそう喜んでいることでしょう。今度こそうまくいくといいが」

「大丈夫よ。あの二人はお似合いだもの。きっとご縁があるわ！」

そんな話をしていると、「煌月様、花琳様」と白慧の声がした。

どうぞ、と煌月が促す。

それとともに白慧が入ってきた。怪我の治りがよいらしく、すっかり元気になっている。

「白慧殿も随分よくなられたようですね。よかった」

「ありがとうございます。おかげさまで……花琳様もありがとうございました」

白慧は花琳に向けて礼を言った。

言われた花琳は照れ臭くて、ついひねた口をきいてしまう。

「なによ、水くさいわね」

だが、花琳を知り尽くした白慧はこれが照れ隠しだと知っているため、小さく笑っただけだ。

「いえ、本当であれば放逐されてもおかしくはなかったと思います。黙って城を出たということは主君に逆らったも同然ですから」

申し訳ありませんでした。と白慧は深く頭を下げた。

「もういいの、白慧。その話はもうなしよ。でも、白慧の兄上が繹の丞相かもしれないというのには驚いたわ」

花琳は煌月からことのあらましをすべて聞いていた。

白慧の気持ちを考えると、生き別れになった兄が生きていると知っただけでも会いたかったことだろう。それが可愛がってくれていた兄となればなおのこと。だが、その兄が名前を変えて繹の丞相となり、また白慧を利用するかもしれないという事実は、白慧をひどく打ちのめしたに違いなかった。しかも暗示にかけられているかもしれないとなると、潔癖な彼のことだ。ひどく自分を責めたことだろう。

花琳が沈んだ顔をしていると、白慧が静かに微笑む。

「花琳様、そんなお顔をなさらないでください。私なら大丈夫ですよ」

「でも……」

「いいのです。耀兄……兄は流刑に遭って、どれだけ辛酸をなめたかしれません。その兄がもし本当に繹の丞相であれば、その地位に上り詰めるまでにはけっしてきれいごとだけを求めたわけではないでしょう」

白慧はなにかを吹っ切ったかのように、きっぱりと言ったが、その顔は少し寂しげでもあった。

「ですが……花琳様、暗示のこともお聞きになられたのですよね？」

花琳は頷いた。

煌月によれば暗示は幼い頃にすでに下地を作られていただろうとのことだった。でなければ、言葉ひとつで簡単に操られることはないと。

どういうつもりで盧朱史が子どもの白慧にそんな術をかけていたのか、花琳には理解できないが、盧朱史という人は自分の人生を先の先まで予見していたのかもしれない。

琪という国がまだ残っていたなら、盧朱史——いや耀輝は王太子を退けて王位を奪ったかもしれないと煌月は言っていた。

（そのために、いつか使えるかもしれないと自分の味方を増やしたんだわ。白慧が懐いていたのをいいことに、怪しげな術で懐柔していたとしたら……）

こんな突拍子もない想像は花琳ならではだが、案外大きく外れていないように彼女は思っていた。煌月も術によっては数十年後ある日突然暗示の効果が現れる、ということもあると言っていたから、その日を虎視眈々と狙っていたのだろう。しかし、琪は滅ぼされ、耀輝は流刑に遭った。

（だから白慧が生きていることを知って、使える、って思ったんだわ。——それより、耀輝という名前……どこかで聞いたことがあるのよね……）

花琳は耀輝という名前にずっと引っかかるものを感じていた。はじめてその名前を聞いたときから、もやもやとしていたのだ。だが、思い出せずにいた。

「ところで花琳様、先ほど秋菊が紫蘭から返却された本を持ってきたのですが、李花宮に戻しておいてもよいのですか」

「ええ、お願い――」

そこまで言って、花琳はハッとした。

本……。

「そうよ！」

いきなり花琳が大きな声を上げたので、煌月も白慧も驚いたように大きく目を見開いた。

「どうしたんですか。そんなに大きな声を出して」

白慧がはしたないと白慧を叱りつける。ようやくいつもの白慧が帰ってきたと花琳は思ったがそれどころではない。

「小言は後で聞くわ。それどころじゃないの」

「それどころじゃない、とは……？」

白慧は怪訝な表情を浮かべ、また煌月はというと、ワクワクとした表情になっている。花琳がこんなふうにひらめいたように言うときには、興味深いなにかがこの先にあるからと思っているのだろう。

「耀輝、というお名前……私、ずっとどこかで聞いたことが……いえ、見たことがあると思っていたの」

花琳は白慧と煌月の顔を見る。二人は花琳の次の言葉に興味を示したようだった。

「そのお名前……『山楂樹夢』に出てくる主人公の恋人のお名前と同じなの」

「『山楂樹夢』？」

白慧は首を傾げた。さして本に興味のない白慧にはピンとこなかったのだろう。しかし、煌月は気づいたらしく、目を輝かせた。

「花琳様。それは湖華妃が執筆されたお話だったと記憶していますが、そうですか？」

さすが煌月である。もう随分前のことなのに、覚えていてくれた、と花琳は喜ぶ。

「ええ！　そうよ。そうなの、その『山楂樹夢』。たぶん、湖華妃が一番はじめに執筆されて、そのまま本になさったあの。あまり出回らなかったようで、幻と言われていたお話。そのお話にお名前が出てきたわ」

以前、花琳は煌月を暗殺しようとした真犯人が湖華妃であることを突き止めたのだが、それは花琳が湖華妃の本を愛読していたからわかったことである。

そしてその湖華妃の本に白慧の兄の名前が登場している。

果たしてそれは偶然なのだろうか。

耀輝という名前はけっしてありふれたものではない。その名前が湖華妃の本に出てきているというのは――なにかしらの縁を花琳は感じていた。

それは煌月も同じだったらしい。

なにか考え込むような素振りを見せていた。

「花琳様、そのお話は確か貴族の姫と幼なじみの書生との恋物語だとおっしゃっていましたね。そして湖華妃ご自身の物語を書かれたものだった……そうでしたね」

白慧もどうやら思い出したらしい。花琳に尋ね、花琳は頷いた。

「そうなの。湖華妃は書生と引き裂かれて、煌月様のお父上——前王の後宮に入られたの。その幼なじみというのが、身分は低いけれど、高貴な出のように洗練された立ち居振る舞いだったりすごく優秀だったりで、姫様の父上に目をかけられ取り立てられて書生となった……ってくだりがあるの。偶然かもしれないけれど……なにかあるような気がしない？」

花琳は二人の顔を見回しながら聞く。

「言われてみると少し気になりますね。それに花琳様の直感にはこれまでにも随分と助けられました。案外本当に繋がりがあるのかもしれません。少し探ってみましょうか」

煌月も花琳と同様、興味をそそられたようだった。

花琳は白慧と地下牢にいた。紫蘭に会うためである。

『山楂樹夢』を湖華妃が書いていたことを知っている人物は花琳たちの他に、おそらくこの紫蘭だけである。

また、以前に『山楂樹夢』のことを話したとき、その物語について複雑な表情を浮かべていたことから、花琳は彼女がなにか知っていると感じていた。

湖華妃についていた紫蘭ならば、その背景を知っているかもしれないと、花琳はこうしてやってきたのだった。

「白慧さん、戻ってきたのね」

花琳の後ろにいる白慧の姿を認め、紫蘭がそう言った。

「あんたもよかったわね。でもそれだけじゃないんじゃない？　もしかしてまだいいことがあったんじゃない？」

どうしてわかったのか、と花琳が驚いていると、紫蘭はククッとおかしそうに笑った。

「どうしてわかったの、って顔してる。あんたはほんと、全部顔に出るわね」

そうなのか、と花琳は自分の顔を両手で覆った。

「おおかた、あの王様に愛の告白でもされたってとこかしら」

紫蘭はいかにも見てきたような言い方をする。なにもかも見透かされて、花琳は大きく目を見開いた。

「おやおや、そんなに目を開いちゃ、その目が落ちちゃうわよ。でも、そう、よかったじゃない。これからは存分にイチャイチャできるわね」

ニヤニヤと笑う紫蘭に花琳は耳まで顔を赤くした。

「もう！　揶揄(からか)わないで！」

「はいはい、ごめんごめん。……で？　なにか用があるんでしょ？」

やっぱり紫蘭にはなにもかもお見通しだ。この間差し入れた本のように、異能でもあるのかもしれない。そう脱線しそうになり、いけないいけない、と姿勢を正す。

「うん、そうなの。今日は紫蘭に聞きたいことがあって来たのよ」

真面目な顔で花琳は切り出した。

紫蘭は花琳の言葉にどこか身構えるように、一瞬緊張した表情を浮かべた。だが、すぐに元の表情に戻る。

「聞きたいことって、なによ」

花琳は少し間を置いて、そっと尋ねた。

「あのね、『山楂樹夢』って物語があったでしょう？」

聞いた後に、紫蘭の顔を窺う。彼女は少し考えた後に、思い出したように「ああ」と頷いた。

「ああ、あったわね。あんたが貸してくれたやつよね」

「ええ。その『山楂樹夢』なんだけど……あれは私……湖華妃の実話だと思っているの。そうじゃない？」

それを聞いても紫蘭は無言だった。花琳は構わず話を進める。

「あの主人公のお姫様の恋人……あれはお話では皇帝に殺められていたけれど、本当は生きているのよね？」

じっと紫蘭の顔を見るが、紫蘭はふっと視線を逸らした。

「さあ、そんなこと私が知るはずないじゃない」

紫蘭にしては珍しい。今まで人を食ったような余裕のある言い方をしていたのに、返答が雑になっている。花琳は自分の考えが核心に迫っていると感じた。

「じゃあ、質問を変えるわ。耀輝という名前の人、知っている？」

すると紫蘭は明らかに動揺したように、目を泳がせた。

「なにを言っているんだか。あれは架空の人間でしょう？　そんなの知らないわよ」

「嘘。本当は知っているんじゃない？　前に少し口を滑らせたことがあったでしょ？　恋人は辺境で貴族に拾われた、って。そんなことお話にはなにも書いていなかったのに」

紫蘭と打ち解けた間柄になり、湖華妃の思い出話ができるようになったときに、彼女がそんなことをぽろりとこぼしたことがあった。

だから紫蘭は知っているはずだ、と花琳は問い詰めた。だがそんなことで折れる紫蘭ではなかった。

「知らないわ。もういいでしょ、今日はあんたと話す気が向かないの。帰って」

紫蘭はそれきり口を噤み、その後一言も喋ることはなかった。

地下牢から戻る道すがら、花琳は「うーん」と腕を組む。

「なにか知っているようなんだけどなぁ……。そう思わない？　白慧」

白慧は花琳に同意するように「ええ」と言った。

「そうですね。なにかを隠しているような気はしますが、彼女がなにも言わないなら、それ以上は知る術はありませんからね」

白慧の言うとおりだ。彼女がそうだ、と肯定しない限り、真実はわからない。けれども、花琳は自分の考えが当たっていると確信していた。

「紫蘭は知らぬ存ぜぬを貫きとおしたけど……やっぱり耀輝さんはあの『山楂樹夢』に出てきた恋人じゃないかなって思うの。辺境で拾われた……っていうのも、流刑に遭ったというなら西……湖華妃のご出身のほうにいてもおかしくはないもの」

話の筋と湖華妃の生き様、そして耀輝という白慧の兄の足取り……。考えれば考えるほど一致してくる。紫蘭はなぜ隠しとおすのか。

「しかし、それは花琳様の単なる想像に過ぎませんから」

「まあ、そうなんだけど。でも……」

花琳は納得がいかない、と「うーん」と唸っていた。

その数日後、花琳のもとにある知らせが届いた。

紫蘭が牢の中で毒殺されそうになったというのである。

「どういうことなの……？」

知らせを持ってきたのは文選に伴われてやってきた煌月であった。毒と知って、内々で煌月が調べるというのである。

紫蘭はかろうじて命は取り留め、今は匿われて治療を受けているのだと言った。

「まさか牢にまで手が及ぶとは思っていませんでしたが、念には念を入れて用心していたのが幸いしましたね」

かつて繹と繋がりのあった紫蘭である。いつ暗殺されてもおかしくない。特に今回、盧丞相に正体を知られた可能性があったことから、紫蘭も消されかねないと、見回りを増やしていたらしい。発見があと半刻遅かったら、命を落としていただろう。

「このまま紫蘭が亡くなったことにしようと思います。生きているとなれば、再び彼女は狙われるでしょう。それに亡くなったとなれば、きっと相手も油断してなにかしら尻尾を出すかもしれません」

しかし手を回すのが早い、と煌月は溜息を落とした。

ちょうど、湖華妃の家について調査報告が一部届いたところだったらしい。湖華妃のかつての恋人というのは、辺境警備隊の出身だったということだ。非常に稀な才覚を持つ青年が辺境警備隊におり、その才覚に惚れて湖華妃の父親が自分の家に引き取ったということだった。

湖華妃の父親はその男がなぜそんなところにいるのかと、驚いていたようである。辺境警備隊に配属されるのはいわばならず者ばかりである。どこにも行くところのない、罪人上がりやヤクザ者ばかりで構成されており、捨て駒のような存在だという。

西の統治を任されていた湖華妃の父親はその中に異質ともいえる男を見いだし、面白いと後ろ盾になったらしかった。そこで湖華妃と恋仲になったのだが、結婚させるわけにいかず、前筆王の後宮に入れたのだということである。

また、白慧の兄である耀輝の送られた先も西の国だということまではわかったようだ。

「やはり花琳様の直感……推測がますます信憑性を帯びてきましたね。もし湖華妃の恋人が白慧殿の兄上というのであれば、話はすんなり繋がります。白慧殿、兄上は武術の腕はいかがでしたか」

「兄上は剣についてはかなりの腕前だったと記憶しております。幼い時分でしたから記憶は定かではありませんが、武術学校で一、二を争っていたと……」

「なるほど。しかも、荒くれ者の剣と違って洗練された剣でしょうから、貴族である湖華妃の父上の目を引いたことでしょう。辺境の地でなぜこんな美しい剣を振るうのか、と思ってもおかしくありませんね。これはやはり紫蘭に事実を聞くしかないでしょう」

そのためにはなんとしても紫蘭の生存の事実については隠しとおさなければと煌月は言

った。

翌日、宮中に紫蘭の死のふれが出される。毒殺ということも隠され、心の臓の病とされた。

煌月によると、紫蘭に盛られた毒は心の臓を止める毒らしい。

暗殺者の思惑にのっただけですよ、と煌月はにっこりと笑う。

「本当に……煌月様を敵には回したくありませんね」

花琳とともに話を聞いていた白慧が顔を顰め、ひとつ息をついた。

「いえ、相手はさらに裏をかいてくる可能性がありますよ。まだまだ油断はできません。あの地下牢で毒を盛られてしまったのがいい例です。万が一と、手立ては講じていましたが、その万が一が起こってしまったのですから」

煌月は悔しそうな顔でそう言った。

繹を滅ぼすなどそう簡単なことではないが、このままでは煌月は亡き者にされ、筐という国はなくなる。なにか手立てはと煌月は思案していた。

そんな矢先、繹から使いの者がやってきた。

なんでも繹の建国百年の祝賀式典への招待だということである。

使者の談によると、百年という年を新年の幕開けとともに祝うことでこれまで以上の栄華を極めると占いには出たようで、それを受けて執り行うらしい。

「これは行かなければならないでしょうね……」

煌月はううん、と唸りながら独りごちた。

近隣諸国の王らもこぞって顔を見せるに違いない。式典に煌月のみ出ないとなれば、角が立つ。それどころか、今以上に繹との関係が悪化してしまう。

建国百年の祝賀式典に関しては以前から盛大に行うことは誰もが理解していた。だが、時期ははっきり示されてはいなかった。とはいえ、祝いの品は随分前から用意しており、なんら問題はないのだが、使者がやってきたのが、煌月らが盧丞相とやりあってから間を置かずというのが気になった。

「煌月様はお出かけにならないほうがよいのでは」

煌月の身を案じる劉己や文選が口を揃えてそう言った。

「しかし、諸国の王らも皆やってくるのですよ。私ばかりが行かないというわけにはいきません。案ずることはありませんよ。これもいい機会です。ついでに盧閣下が本当に白慧殿の兄上かどうか確かめてくるとしましょう」

「そんな気楽なことをおっしゃって。そうやっていつも適当なことばかり言っているから、先日のような目に遭うのです。もう少しこう王らしい振る舞いを――」

劉己の説教がはじまり、煌月はやぶ蛇だったとひっそり嘆息する。劉己がこうなったら、しばらく話はやむことがない。

「まあ、繹のお祝いのことは改めて検討しましょう。まだ時間はありますからね。それよりも、明後日は冬至。明日は忙しくなりますよ」

そう煌月は言った。年が明けるまでにはまだあとふた月近くある。その間にどうするかを考えなければならないが、まずは目の前にある自国の祭礼のことである。

冬至に行われる天祥祭はこの大陸では、春を告げる新年の儀式に並んで重要かつ荘厳な儀式とされている。よって当然ながら笙でも同様の儀式を行うのである。冬至の前日、すなわち明日になるが、王は斎宮にて斎戒——祭祀を前に、禁忌を犯さないように飲食や行動を慎んで、心身を清めること——を行う。そして冬至の早朝は夜が明ける前から斎宮にある祭壇に上り、天候の順調や豊作、国の太平と民の安寧を祈るのだ。

そして祭礼のあとは、賑やかな宴となる。

天祥祭の日には、国中どこの家でも一晩中灯籠に火が入れられる。もちろん宮中も、そこかしこに灯籠を置き、香を焚きしめる。一晩中灯される明かりの中、音楽を奏で、この一年の実りに感謝しご馳走をいただく。哥の街中も出店があったり、酒場や飯屋は明け方まで店を開けたりして、賑やかに過ごす。

この天祥祭が終わると、本当に冬本番だな、と思う。そして天祥祭からふた月の後に新年が明けるといよいよ春がやってくるのだ、と実感するのであった。

「わあ！　とってもきれい」

祭礼が終わった後の宴で、煌月は花琳を城の一番高い場所へ連れ出した。

そこから見える光景に花琳はうっとりした表情を浮かべ感嘆の息をつく。

それもそのはずで、宮中に設えられた灯籠の明かりがゆらゆらと揺れて、実に幻想的であった。毎年のようにこの景色を見ている煌月でさえ、この光景には感動するのである。灯籠の明かりが星のようにきらめき、まるで夜空の中にいるかのような錯覚になるのだ。

「気に入っていただけてよかった。花琳様は筐の天祥祭がはじめてですから、楽しんでいただけるかどうか少し不安だったのですが」

「こんなにたくさんの灯籠……色とりどりで本当にきれい。すてきなものを見せてもらったわ。ありがとうございます、煌月様」

「少しは元気になりましたか？　最近あまりお元気ではないような気がして」

花琳は紫蘭が毒殺されそうになってから、少し元気がない様子だった。この灯籠でいくらか元気になるといいが、と煌月はそう尋ねる。

「ええ。ごめんなさい。ご心配をおかけしちゃいました。大丈夫です。元気がなかったのは……私ではまだまだ誰かを守ることができないのかしら、って自己嫌悪に陥っていたせいだったの」

「そんなことありませんよ。花琳様はそこにおられるだけで、皆の気持ちを健やかに守ってくれます。白慧殿だって、お帰りになってから、すっかり顔つきが穏やかになられた。それはとりもなおさず花琳様のお力です」

「煌月様もそう思っている？　私がいてよかった、って」

「もちろんですよ」

「それならいいのだけれど。私は煌月様のことも守りたいのよ？　ちゃんと私にも守らせてね」

「ありがとうございます。守っていただいていますよ。これからもずっと」

そう言って二人で笑い合う。この笑顔を奪うことにならなくてよかった、と煌月は心から安堵する。そしていつまでもこの笑顔を守りたいとも思うのだった。

「でも、本当に今夜は寒いわね」

はあ、と花琳は頰に両手を当てながら大きな息を漏らした。

今夜はひときわ寒い。花琳の吐いた息も白く、いかに寒いかが見て取れた。また、花琳の頰を覆っている指先が赤く染まって冷たいと訴えている。

「さあ、もういいでしょう。こんなに手も冷たくなって」

そう言って煌月は花琳の手を取った。すると花琳ははにかんだように微笑む。

「そろそろ戻りましょうか」

聞くと、花琳は小さく首を横に振った。

「もう少しこのきれいな景色を見ていてはいけない？」

じっと見つめられて、煌月もこの幸せなひとときをもう少し堪能したいと思う。

「わかりました。そうしましょう。……ああ、でも。風邪を召されるとよくない。そうだ、こうすると少しは暖かいでしょうか」

言いながら、煌月は花琳の身体を抱き寄せた。

「えっ」

いきなりの抱擁に花琳は小さく声を上げて、照れ臭そうに頬を染めた。その顔がとても可愛らしいと煌月は微笑む。

「こういうのもたまにはよいものですね」

「……はい」

花琳の頬は耳まで赤く染まっていた。

互いのぬくもりでほんのりとした暖かみを感じ、しばらくの間、二人でそうして肩を寄せ合いながらゆらゆらと揺れる灯籠の明かりを見つめていた。

新しい年が明け、いよいよ煌月が繹へ旅立つ日が近づいてきた。

繹へ煌月を招き入れて暗殺する。祝賀式典がそのための罠なのではと疑いを持ちつつ、結局煌月は繹に向かうことにしたのである。

筐に閉じこもっていても、おそらく煌月や白慧に刺客を放たれることは必須。というのも、そういう気配は煌月が鉱山で怪我を負ってから今まで何度もあった。

幸い大事に至ることはなかったが、遅かれ早かれあからさまに命を狙ってくるだろう。であれば、あえて敵の懐へ飛び込んでも同じことである。

果たして本当に白慧と煌月の命を狙っているのが、盧丞相なのかそうでないのか、それを知るためにも自ら動くことを選択した。

当然、劉己の反対には遭った。

替え玉を提案されたり、仮病はどうかと言われたりもしたが、搦め手を使ったところで同じことだろう。そう劉己を説得して、出向くことにしたのである。

筐王自らの道中とあって、一個小隊とともに向かう。もちろん指揮を執るのは虞淵である。なにより煌月が全幅の信頼を置いている彼の存在なくしてはこの旅はあり得なかった。

そして、この旅に自ら志願してついていくことになった者があった。

紫蘭である。

紫蘭は毒殺されそうになったところを救われ、秘密裏に手当てを受けていた。回復してきたところで、紫蘭は煌月らに話がしたいと持ちかけてきたのだった。

耀輝は流刑で西国の辺境警備隊にいたと紫蘭は聞いていた。

辺境警備隊はきつい任務だったが、その中でも耀輝は頭角を現し、隊を統率するまでになったらしい。才覚ある耀輝を気に入ったとある高官が耀輝を養子にした。その後、高官が懇意にしていた湖華妃の父親の目に留まったらしい。

湖華妃の父親に引き立てられた耀輝は湖華妃の父親の書生となり、二人は恋に落ちたという。

だが湖華妃が笙の後宮に入ることになった。これは湖華妃の家が耀輝の出自を知って、引き離したのである。

二人が引き離された理由以外はおおむね、自分たちの考えたとおりであったらしい。

そこからの湖華妃は知るとおりであるが、耀輝はそれ以来西国の高官とは縁を切り、繹に渡ったのである。どういう繋がりがあったのか紫蘭の知るところではなかったらしいが、繹のある貴族の養子となって、名前を変え、現在丞相となっている——そう紫蘭は煌月たちに告白した。

「湖華妃には公主様だけでなく、男のお子様がいらしたのはご存じでしょうか」

紫蘭はそう言った。

後宮に入ってすぐに湖華妃は懐妊していることがわかった。そしてその後男の子を産んだという。

煌月は首を横に振る。そんな話を聞いたことはなかった。が、劉己だけはその事実を知っていた。

「湖華様は確かに男のお子様をお産みになられましたが、そのお子は三つになる前に病で亡くなっております」

劉己の話によると、この湖華妃の懐妊にあっては様々な憶測が流れていたらしい。というのも、懐妊が判明したのがあまりにも早いということだった。後宮に入ってふた月ほどで懐妊の事実についてわかったことで、宮中を騒がせた。身ごもった子は笙王の子ではないのでは、と。

しかし、笙王は自分の子だと言い切った。というのも、湖華妃が後宮入りしてすぐに笙王が彼女の宮殿に入り浸っていたのは間違いなく、時期としては笙王の子であるというのはあり得ないことではなかったからだ。

だが、紫蘭はきっぱりと口にした。

「湖華様ははっきりおっしゃいました。耀輝様とのお子であったと」

湖華妃は身ごもった耀輝との子を、この笙の王にしたかったらしい。恋人との一粒種を王に据えることで、復讐(ふくしゅう)したかったのだろう。だが、それも叶うことはなかった。

その後、湖華妃は筐王と、筐王がなにより寵愛していた正妃を殺害してしまった。恋人と引き裂かれたことも、愛する人の子を失ったことも、すべて筐王のせいだと逆恨みして。また、公子を失った後は公主しか産むことができず、結果的に正妃の子であった煌月が東宮になったことも恨む原因のひとつだったようだ。

紫蘭は幼い頃に湖華妃に命を救われたのだと言った。彼女への恩を返すために働き、そして、彼女の恋人だった耀輝のもとにずっといて、彼が繹でのし上がるために手を貸してきた——。

耀輝という男は、恋人の湖華妃と別れさせられたことを恨み、さらにそれが繹が疎ましく思っている筐ということもあって並々ならぬ敵愾心を抱いているらしく、執拗に煌月の命を狙っているようだった。また、湖華妃の死も彼の敵愾心を煽った一因になっているのかもしれない。

「耀輝様は、湖華様のお子が病ではなく、正妃に毒殺されたと信じておられます。ですから、そのお子である煌月様に恨みを抱いているのです。煌月様さえいなければ、湖華様の子が東宮だったかもしれないと」

もしかしたら皇太后だったかもしれない——そんな気持ちがこれまでの企てを引き起こしているのだろう、と紫蘭はそう言った。

「よく話をしてくれた」

そう言った煌月に紫蘭は「花琳様のおかげです」と言った。

「私は湖華様のためだけに生きていたといっても過言ではありませんでした。湖華様を失ったことでひどい喪失感に苛まれ……ですが、耀輝様との繋がりは残っていましたし、耀輝様のために仕事をすることが湖華様へのご恩を返すことと思い、繹のために働きました。ですが、こうして捕まり、いつ死んでもいいと思っていたのです」

その顔はとても寂しそうだった。でも、と紫蘭は続けた。

「花琳様というのは、面白い方よね。あの子は……自分が何度も私に殺されそうになっていたくせに、牢に入った私のところにやってきたんですよ。はじめはなにを考えているんだろう、って。でも、あの子が無邪気に湖華様のことを……湖華様の作品を愛して、ほんの数回しか会わなかったはずの湖華様のことを、本当にうれしそうに、楽しそうに話をしてくれるから……救われたような気持ちになってしまったんです。不思議な子ですよね」

湖華妃や耀輝の心を救う者は誰もいなかった。だが、紫蘭の心は花琳に救われたのだ。まっすぐで素直な花琳の気持ちは紫蘭にとっては光のようなもので、闇に包まれていた紫蘭の心を明るく照らしたのだろう。

「もう……終わりにしたほうがいいのでしょう。耀輝様は私が説得します」

そう言った紫蘭の言葉に偽りはないように煌月には思えた。

煌月を乗せた馬車が街道を走っていた。

その前後を騎馬隊、歩兵が馬車を守るように進んでいく。

ガタガタと揺れる馬車から花琳は身を乗り出すようにして外を眺めていた。

「こんなにいくつもの国を旅する公主って私くらいかしら。筐に、繹だもの。見聞を広げなくてはね。ね、風狼」

にんまりと煌月の横で花琳は笑い、花琳の足下でうずくまっていた風狼は相槌を打つように「ワン」と一声吠えた。

この旅には花琳もついていくことになった——というか、強引についてくることになったのだが。

「まったく……無茶を言ったのはどこの誰ですか。それに遊びで向かうのではないのです。はしゃぐのもいい加減になさいませ」

白慧が呆れたような表情で、花琳を諌める。

それを煌月は苦笑しながら聞いていた。

煌月は白慧の同行も要請したのである。彼の知力も武力も煌月の力になってくれると判断したためである。だが、それを知った花琳も行きたいと言い出したのだ。

「だって、ずっと一緒にいると言ったでしょう？　離れるなんて嫌よ」

お願い、煌月様。と意志の強い目でじっと見つめられて、煌月も折れたのだ。花琳を置いていったとしても、白慧を帯同するとなれば、花琳の警備が手薄なところにまた刺客が現れかねない。だったら、側にいたほうが心配が減る、と。

そこで身分を偽り、煌月の侍女として同行することになったのである。張り切って自ら侍女の装いをし、侍女としての振る舞いを秋菊に教わり、そうして今日の出発の日を迎えたのである。

(いや……私がついてきて欲しかったのかもしれませんね。明るい花琳様の笑顔は私を元気にしてくれますから)

馬車内はともすれば沈みがちになり、重い空気が漂いがちになる。だが煌月の横で「見て見て、煌月様。あんなに大きな鳥が飛んでるわ」などと明るく振る舞っている花琳を見ると、ついつられて微笑んでしまう。

「ところで白慧殿、その後お加減はいかがですか。頭痛がするとか……気分が悪いとか、そういったことは」

煌月は白慧に尋ねる。あれから白慧が豹変するようなことはなく、煌月に刃を向けることもなかった。いまだになにがきっかけだったのか暗示について解明はされていない。

(盧閣下の声……だけではないはずだ)

盧朱史の声がきっかけというなら、鉱山のあの小屋でも盧朱史の声は聞いていた。だがあのときにはなにも起こらなかった。きっとほかに要因があるはずだ、と思いながらわからずじまいである。懸念は残るが、今はただできることをするだけだった。

「いえ、特には。——もし、私になにかありましたら、どうかご遠慮なく……」

白慧自身も気にはしているのだろう。いざとなれば煌月の手で始末をつけられることも覚悟しているようだった。

「わかりました。その前になんとかなればよいのですが」

煌月は頷く。

馬車の中になんとなく重い空気が漂っていた。

「あら、あれは紫蘭ね」

その重い空気を軽やかなものにするように花琳が外を見ながら呟いた。花琳の視線の方向には紫蘭がいる。

紫蘭は馬車には乗らず、「馬を一頭貸していただきたい」と煌月に嘆願した。虞淵や文選ははじめ、紫蘭に馬を貸すことについては疑問視していた。というのも、馬を貸してしまえば逃げ出してしまうのではないかとの懸念があったためだ。しかし煌月は紫蘭を信用することにした。

紫蘭のあの告白は花琳への、友情にも似た強い思いからさせたことだろう。頑なだった彼女の心を溶かしたのは花琳だ。

花琳にはそんなふうに人を惹きつけるなにかがある。白慧が花琳を主として長く仕えているのも、おそらくそうなのだろうし、自分も花琳に惹きつけられたひとりだ。

それに紫蘭という女性は本来情に厚い人間らしい。湖華妃への忠誠心からしてそう思わせた。それならばきっと花琳を裏切るような真似はしないだろうと考えた。

「さあさあ、お喋りばかりしていると疲れるでしょう。まだ哥の都を出たばかりですよ。この先は長い。花琳様も気分が悪くなられたら、早めにおっしゃってくださいね」

煌月がそう言うと、花琳は小さく頷いた。一瞬見せたその顔に緊張の表情が浮かんでいるのを煌月は見逃さなかった。

（ああ……たぶん、花琳様も気を張っているのだ。でも、私たちの負担にならないように明るく振る舞っている）

冬至の天祥祭の夜、花琳は「皆を守りたい」とそう言った。こうして同行したいと言い出したのも、側にいて誰かの力になりたいと思っているからなのだろう。

その気持ちだけで十分だ、と煌月は思った。

花琳が隣で笑ってくれるなら、自分は前に進むことができる。

第五章　花琳、白慧の心の痛みに寄り添う

繹の都である鴻に到着したのは、笙の都・哥を出てから十日ばかり経ったときであった。

鴻は哥よりもずっと北に位置するため、寒さの厳しさは覚悟していたが、思っていた以上にきつい冷え込みに花琳はぶるりと身体を震わせた。

都である鴻の街並みは、哥と比べると華々しさがなく、無骨な印象だった。

そこかしこに灰色の石を用いた建築物があるせいなのか、重厚さだけが際立ち、実に寒々とした風景である。寒さもよけいにきつく感じた。

煌月が用意してくれていた毛皮を重ねた外套がなければ、足が竦んで歩けなかっただろう。足下からも凍るような冷気が隙間を縫って、身体に侵入しようとしていた。

鴻の都に入る中央門で、繹側が笙国一団を迎労する。出迎えに来た繹の官吏は煌月ら一団を王城に案内した。

「うわ……すごい……」

花琳は目を瞠り、あたりをキョロキョロと眺める。

笙の紫龍殿もそれは大きな城だと思っていたが、この瑞鵬城はさらに大きく、大きな街と見紛うばかりである。

「なんだか迷いそう……」

はー、と花琳は何度も瞬きしながら、馬車の中からあたりを見回していた。

案内された宮殿はいわば接待用として用意されたらしく、金銀が贅沢に使われた調度品や、柱や扉も見たことのない塗りや細工が施され、たいそう豪奢なものだった。

「こちらでおくつろぎください。ご用の向きにはこの鈴でお呼びくだされば、世話係の者が参ります」

案内をしてきた官吏は慇懃にそれだけ言い放つと、立ち去った。

「なんだか素っ気ないわね」

花琳が言うと、白慧はこんなものですよ、と冷めたような言葉を吐いた。

「そういうものなのね……」

笙での手厚いもてなしに比べると、こちらは実に愛想がない。

ふうん、と花琳は部屋のあちこちを見て回った。

「でも、さすがに大国よね、見ているだけで目が眩みそう。ほら、この壺なんて金ぴかよ。贅沢極まりないわね。こっちは孔雀の羽根がふんだんに使われていて……」

すごーい、と口にしながら、いたるところに金を使っている調度品の数々に目をやった。

「繹王がこれだけの財力を持っているという、権威を見せつけるためのものですからね。ただその分、民への税は厳しい。繹は民にかなりの重税を課すと聞きました。またこのたびの建国における祝賀で、相当の額の献金を要求されているようです。民の間で不満が大きくなっているらしいですね」

この宮殿の中では誰が聞き耳を立てているかわからないからと、煌月は声を潜めてそう言った。

「煌月様。私は下がらせていただいたほうが。宿坊の隅にいさせていただけましたら結構ですので」

紫蘭が前に進み出て、煌月の前に跪いた。

彼女は皆の杞憂をよそに、自ら馬を駆り忠実に隊列に加わっていた。あくまでも煌月の一家臣として動いているのが誰の目にも映っていた。

「紫蘭殿、よい。ここにいて気楽にして欲しい」

「しかし」

紫蘭としては自分は兵と同じ扱いだと思っていたのだろう。だが、煌月の考えは別だったようだ。

「あなたは花琳様と同じく、私の侍女ということでこの城では振る舞ってください。いいですね」

「ですが、私は丞相閣下に面が割れております」

かつては耀輝のもとでも仕事をしたことのある紫蘭である。煌月の側にいては、まずいのではないかと彼女は考えたのだろう。不安そうに煌月に告げた。だが、煌月は紫蘭の不安を一蹴するように、にっこりと笑った。

「なに、少しばかり髪型や装いを変えて、堂々としていればよいでしょう。そのほうが案外気づかれにくいものですよ。なにか言われたら、しらを切りとおせばよろしい。まさかあなたが私についてここまで来たとは丞相閣下も思わないでしょうからね」

まるで狐と狸の化かし合いだ。食えない王様だと花琳は二人の会話を聞いていた。

そして煌月の言葉に、紫蘭は少々戸惑った様子を見せていたが、「かしこまりました」と拱手し頭を下げた。

「花琳様、紫蘭殿の着替えをお願いしてもよいですか。ああ、髪型と化粧も変えてください。私の侍女になってもらわなければなりませんからね」

「わかったわ。任せておいて」

花琳は得意げに微笑んだ。

「それから白慧殿は、打ち合わせしておいたとおり文官として振る舞ってください。今回は文選の代理でもありますから、よろしくお願いしますよ」

「かしこまりました」

白慧は拱手し煌月に答える。

その姿はまさしく筐の文官そのものであった。

白慧がいつもと違う装いをしていたのはそのせいだったのだ、と花琳は納得した。白慧は文選の手伝いもしていたほど、今では筐の事情にも精通している。

「花琳様、これを預かっていただけますか」

そう言って花琳に手渡したのは、対になった銀製の魚符である。白慧がお守りとして持っていたもの——兄・耀輝（ようき）と揃いの——それだった。

「白慧、これは」

「お守りですよ。うっかり落としてしまうといけないので、花琳様に持っていてほしいのです」

懇願されて、花琳は「わかったわ」と頷いた。

「それじゃあ、預かるわね。白慧も無茶しちゃだめよ」

花琳の言葉に白慧は微笑む。

花琳は預かった魚符を握りしめながら、お守りだというそれをじっと見つめる。

白慧はそれをいつも磨いていたのだろう、きれいな光をたたえているそれに花琳は皆の無事を心から祈った。

「さあさあ、ひとまず、疲れを癒やすとしましょう。虞淵（ぐえん）、我が兵たちにも休息を伝えてください」

煌月が待たされている兵たちへも休息を取るようにと虞淵に命じた。

「承知した」

そう言って、虞淵は兵たちの宿坊へと向かった。

虞淵の姿が見えなくなると、煌月は花琳に椅子にかけるように勧めた。

「お疲れになったでしょう。よくこの長旅を耐えてくださいました」

「ううん。全然。……と言いたいところだけど、やっぱり疲れちゃった」

旅自体は順調といっていいだろう。なにごともなく、滞りなくここまでたどり着いた。あまりに順調すぎて、途中でなんらかの妨害や攻撃があるものかと身構えていただけに、拍子抜けするくらいだ。

「それより、煌月様。このお部屋、炭炉もないのに、すごく暖かいのね」

「ああ、それは炕（かん）というものですよ。床に暖かい空気を流して、部屋を暖めるようにしているのです。繹は冬が厳しいですからね、炕がないと寒くて凍えてしまうのです」

そうなんだ、と花琳は感心した。

地続きの国々なのに、国によってまるで生活環境が異なる。それだけではない。文化もなにもかもだ。

「宴までしばらく時間もあるようですし、横になられてもよいのですよ」

煌月はそう言ったが、ここへは侍女としてやってきているのだ。そういうわけにはいかない。無理を言ってついてきたのだ。足手まといにはなりたくない。

「平気よ。ところで、煌月様はお茶をお飲みになる？」

ふと見ると、卓子の上の茶器から湯気が立っているのを見て、茶が入っているらしいと花琳は察した。

「ああ、そうですね。いただくとしましょうか。……おっと、その前に少し拝見しますね」

そう言って、煌月は横から手を伸ばし、花琳より先に茶器の蓋を取った。そうして中を見てまた蓋を戻す。

「大丈夫そうですね。茶葉しか入っていませんでした」

煌月は毒の混入を確かめたのだった。混ぜ物の確認も彼は怠らない。

なるほど、こんなところでも油断できないのだ、と花琳は改めて気持ちを引き締める。

（そうだ、ここは敵地なのだもの……これまで以上に気をつけないと）

花琳はそれぞれの茶碗に茶を注ぎ入れ、どうぞと卓子の上に置いた。

「さすがに初っぱなから毒入り茶では出迎えられなかったようですね」

ふふ、と煌月は笑ったが、笑い事ではない。

これから数日間、いちいち気をつけて行動しなければならないのである。今までは自分たちしかいなかったが、ここは煌月を何度も暗殺しようとしていた者のいる総本山である。思っていたより案外大変だわ、と花琳は内心で唸った。

あくる朝、朝聘の儀にて、ふんだんに金糸を用いた紫の衣の正装に身を包んだ煌月は宮殿に上がった。

虞淵と白慧を伴い、献上品とともに大広間に誘われる。

大広間には正面の高い位置に皇帝の座る玉座がある。玉座は皇帝の姿が見えないように幕で覆われており、そのすぐ横に丞相、そして左右には文官と武官の重鎮が座っていた。

笙からは、交易で得た珊瑚に瑪瑙に真珠といった宝石類に加え、複雑な文様を織り込んだ西方の厚手の絨毯。また胡椒に沈香と麝香。さらには特に珍しい竜涎香を献上品とした。繹の后妃が香を愛用しているのは有名な話で、これだけ様々な香を入手できるのは交易を主産業としている笙ならではである。

玉座の正面に居住まいを正して座った煌月は、自分の前に持参した品々を並べさせた。その品々に、列席している貴族や官吏が感嘆の息をつく。好奇や羨望の眼差しが煌月へ向けられた。

「帝のおなりである。皆の者、心得られよ」

静かに張り詰めた空気の中、その声とともに、広間にいる者すべてがその場で叩頭する。銅鑼と鈴の音の中、幕が引き上げられ、玉座に着いている帝が姿を現すと思われたが、玉座は薄布で相変わらず囲われたままだった。

直接、神に近いとされる帝を見ることは許されないためだ。薄布越しの謁見なのであった。その薄布越しに人影が見える。あれが帝なのだろう。

煌月は面を上げることを許される。

「帝に相見える栄誉を賜りありがたき幸せにございます。蔡煌月、建国の祝いに馳せ参じました。こちらはささやかではございますが我が国の特産品。陛下のお慰みになれば幸いに存じます」

煌月がそう述べると、丞相である盧朱史と目が合った。彼は射るような視線を煌月に向けている。その視線の冷たさに煌月は一瞬息を呑んだ。が、盧朱史はすぐさま視線を逸らすと幕の間を行き来し、「大儀であった」となだらかな口調で煌月に告げる。

帝は結局直接言葉を煌月にはかけず、朝聘の儀を終えることとなった。

各国それぞれが献上品を捧げた後は、皇帝から臣民に向けての言葉が言い渡され、その後三日にわたっての宴会が催されることとなった。

繹は現在、多くの民族や属国を擁する巨大な帝国となっている。

自国の脅威や影響を示すために、宴に供された料理は各地域の最高の料理、珍味が一堂に会する場となっていた。宮廷の厨房長（ちゅうぼうちょう）が自慢の腕を振るい、焼く、炒（いた）める、揚げる、蒸す、煮るといった様々な調理法を駆使して、豪華絢爛（けんらん）ともいえる料理の数々が並ぶ。その種類は二百とも三百とも噂された。

属国諸国や交友関係にある国々の王や使節団だけではなく、それぞれの兵や侍従なども宴席に着くことができ、その規模の大きさは筆舌に尽くしがたいものであった。

見渡す限り、料理の皿以外のものがなかった。花琳は瞬きひとつできずにおり、あんぐりと口を開けていた。

「すっ……ご……お……い……」

「花琳様、花琳様、だらしないですよ。お気をつけなさいませ」

こそこそと白慧が耳打ちをする。

煌月は諸国の王族らと並んで席に着いており、その他家臣とはもちろん扱いが異なる。

花琳は侍女としてここにいるため、白慧らとともに料理を囲んでいた。

「だって……こんなご馳走……見たことないもの……」

笙での宴でも豪勢な料理の数々が振る舞われたが、今回はそれを遥（はる）かに上回る。

海の幸、山の幸、陸の幸……贅沢三昧の料理に花琳は目を奪われた。

蒸した大きな鯉に猪や豚の丸焼き、燕の巣、大海老の串焼き、丸々と太った鶉や雷鳥や鴨に詰め物をし、それをタレに漬けてこんがりと焼いたもの。蒸し卵が山ほど盛られた皿もあれば干した海鼠や鮑を煮付けたものに蓮の実の粥……。

どれから食べていいのか迷うほど、どれもこれも贅が尽くされた料理である。

またそれだけでなく、甘味や果物も豊富に用意されていた。

砂糖漬けになった石榴に茘枝、桃に竜眼。金柑、梅、さとうきび、そして棗。それらが最高級の茶とともに供された。

さらに趣向を凝らすように、野菜や果物が動物の形に細工されたものが皿の上にのって、目でも楽しめるものとなっている。

皿の上の料理が減ると、次々にお代わりが用意され、けっして皿がまるっきり空になることはなかった。

それらを楽師の奏でる音楽や宮女の舞とともに楽しむのである。いつ終わるともしれない饗宴に花琳はただ圧倒されるだけだった。とはいえ——。

「食べなくちゃ損よね」

目の前のご馳走を花琳は嬉々として食していた。

「なんですか、はしたない」

呆れたように白慧が諫めるが、こんな機会はもうないだろう。しかも今は公主ではなく侍女である。どれだけがっついても許されるに違いなかった。

「おー、花琳様。いい食べっぷりだな」

ははは、と虞淵が大海老の串焼きにかじりついている花琳を見てそう言った。かくいう虞淵の皿には肉や卵が山と盛られ、今も卵を手にしていた。

「だって、こんなに珍しいものばかりだもの。もう二度と食べられないかもしれないでしょう？」

「まあ、そうかもしれんなあ。いくら我が笙が裕福といっても、祝宴にこれだけ財を投じるわけにはいかぬだろうし」

虞淵はあたりをぐるりと見遣り（みや）ながらそう言った。自分たちの使用している皿でさえ、磁器でできており、おそらく煌月たち国主らは金や銀の皿を用いているはずだ。それだけの数を用意せねばならないし、この食材の量も膨大だ。

「どれほどの財を投じたのでしょうね……」

白慧も感嘆の息をついている。

「さあな。だが、これだけの宴だ。かなり財政が逼迫（ひっぱく）するだろうな。頼むから、笙ではこの規模の宴は開かぬようにしてもらいたい。一年分の予算が吹っ飛ぶぞ」

そう言いながら虞淵は肉を噛み切った。

夜になっても宴は終わることがなかった。あたりには火が入った灯籠が並べられ、引き続き宴を楽しむことができる。

「あー……さすがにお腹いっぱい……もう入らない……苦しい……」

はあ……と花琳は大きな息をついた。

「当たり前です。食べすぎですよ。お腹を壊しても知りませんからね」

「まあまあ、白慧殿。いいじゃないですか。少しくらい羽目を外しても」

虞淵が横から口を挟むと、白慧は虞淵のほうに向き直る。

「いつも羽目を外しているんですよ、このお方は。これ以上外れたらどうなると思っているんですか」

はあああ、と白慧が盛大な溜息をついた。

「ま、確かにそうだな。花琳様には羽目、なんてありゃしなかったか」

ははは、と虞淵が大きな笑い声を上げた。

そのときだった。

虞淵の笑い声にかき消され気味ではあったが、ふと耳に飛び込んできた声に花琳はハッとした。

「虞淵殿、しっ。静かにして」

強い口調で花琳にそう言われ、虞淵は怪訝な顔をする。だが、花琳のこれまでとは打って変わっての真剣な顔を見て、なにかを察したようだった。

花琳は声の方向を見ないようにし、できるだけ声を拾おうと集中した。花琳はとても耳がいい。普段は声を拾いすぎるのでさほど集中しないようにしているのだが、今飛び込んできた話の内容が不穏だったため、気になったのである。

《……首尾は？》

《案外あっけないもんだったぜ……あそこなら見つかることはないだろう。滅多なことで人は入れないからな。それにしても閣下もえげつない》

《誰が聞いてるかわからないんだ。声を潜めろ》

《はいはい》

なんの話だ、と思いながら、花琳はそっと声のほうを見た。すると衛兵の姿をした男が二人、そそくさと立ち去っていく。

「花琳様？　どうかなさいましたか」

白慧に声をかけられた花琳はハッとする。

「今、あの者たちが、どうやら誰かを閉じ込めた……みたいな話をしていて……」

と、花琳がそう言うと虞淵が「しまった」と声を上げた。

「煌月様のお姿が見えません」

虞淵に続いて声を上げた紫蘭のその言葉で、皆は目を大きく見開いた。そうして煌月の席のあたりを一斉に見る。

目を凝らして隅々まで見回すが、彼女の言うとおり煌月の姿はどこにもなかった。

「なんということだ……！」

虞淵がギリ、と歯噛みする。

「じゃあ、今の話は……」

まさしく煌月を閉じ込めたという話だったのかもしれない。

「……閣下もえげつないって言っていたわ。滅多なことで人が入れない……とも」

閣下、ということは――。

「盧閣下……だろうな。このままでは煌月の命が危ない……すぐに手分けして捜すぞ」

「ですが、皆がバラバラではいざというときに困る」

花琳は虞淵と紫蘭の会話に割って入った。

「ねえ、では、紫蘭と虞淵殿、そして私と白慧で手分けして捜すというのはどうかしら。紫蘭はこの城のことも知っているのでしょう？」

そう言って、花琳は紫蘭の顔を見ると、彼女は「ええ」と短い返事をよこした。

「心当たりはある？」

花琳の問いに「もしかしたら……」と紫蘭は答えた。

「それなら、虞淵殿と一緒に先に行って。私は一度休んでいた宮殿に戻って、風狼を連れてきて白慧と捜すわ。風狼なら煌月様の匂いを追えるかもしれない」

わかりました、と紫蘭は花琳の案に賛成した。

「そうだな、それがいいかもしれない」

「では半刻後、一度落ち合いましょう。場所はここがいいでしょう。人がたくさんいるほうが紛れやすいですし」

承知した、と虞淵と紫蘭、そして花琳と白慧はそっと宴を抜け出す。

白慧の言葉に花琳は頷いた。

宛てがわれていた部屋のある宮殿に駆け足で急ぎ戻る。今花琳が身にまとっているのは、いつも着ているものではなく侍女の装いである。これが非常に動きやすい。軽くて装飾品もなく、駆けても負担がない。

「花琳様、いいですね。けっして私から離れてはいけませんよ」

幸い、大して気にも留められず風狼のもとにすんなりと戻ることができた。侍女と文官という組み合わせだからだろうか。きっとどちらも非力に思われ、無害だと判断されたのだろう。

「風狼……！」

呼ぶと、風狼は「ワンッ！」と一声鳴いて、花琳のもとに駆けてきた。

花琳はしゃがみ込んで風狼の頭と背を撫でる。

「いい子ね、風狼。いい？　これから活躍してもらうわよ。煌月様を捜すの。いいわね？」

風狼は賢い。花琳の言葉がわかったように、まかせろとばかりに「ワン」と声を上げた。

花琳は煌月が身につけていた帯を手にし、風狼に嗅がせた。そしてそれを手にしたまま「行くわよ」と風狼を連れて宮殿を出たのだった。


耳障りな音をたてて、扉が開かれた。

煌月はその場から動けずにいた。

それもそのはずで、縄を打たれて身体を動かそうにも動かせないのである。また目隠しもされていて、あたりの様子がまるでわからなかった。

（まずいですね……とんだ失敗をしてしまいました……）

気がついたときには、縛られてどこかに閉じ込められていたのである。物音もなく、人の気配もしないため、周りに人がいないことだけはわかった。

（薬には警戒していたのですが……）

毒を盛られることを警戒はしていたが、異音がしたと立ち上がって、その音を確かめようと席を離れた際、当て身を食らったらしい。

（……この香は……）

宴席でも焚(た)かれていた香と同じ香りがする。宴席よりはずっと薄いが、覚えのある香りだ。そういえばこの香を焚かれてから、すぐに異音がした。そして若干ではあるが、頭に靄(もや)がかかっているような気がする。しばし煌月は考え、思いついたように顔を上げた。

（なるほど……この香のせいで判断力が鈍っていたのですか。油断していないつもりでしたが、そうではなかったということですね）

香にはなにか混ぜ物がされていたのだろう。大方、少量の阿片か、と煌月は推察した。それとわからないくらいの阿片を混ぜた香で思考力を奪ったところに、異音で気を引き、そこに当て身を食らわせられたというのが、煌月の考えたところだ。

（さて……どうしましょう。皆が気づいてくれている可能性もあるが……）

虞淵も白慧も花琳も聡い。また紫蘭もいる。誰かが気づいて捜してくれていることも考えられるが、捜し出してくれる前に、自分が命を落としている可能性もある。むしろその可能性のほうが高いだろう。

逃げ出す方法……と煌月は思案に暮れた。だが、頭に断片的な思考は浮かぶが、かき集めてもまとまらない。

そんな中、扉の開く音が聞こえたのだ。

（参りましたね……）

煌月は絶望的になる。なにしろ、扉が開かれてしまったのだから。

だが、扉が開いても、なかなか相手は姿を見せなかった。

（はてさて……鬼が出るか蛇が出るか……）

じっとしていると、静かな足音が聞こえた。ひとつ……ふたつ……と煌月が数える。

（二人……いや、これは……？）

煌月は耳を澄ました。足音が煌月の近くまで迫ってくる。

いくらもしないうちに、煌月の身体になにかが触れた。煌月は身体を固くする。

突然喉がからからに渇いてくる。ほとんど出ない生唾を飲み込み、奥歯が鳴りそうになるのをぐっと嚙みしめることで止めた。

「………煌月様」

ひっそりと囁くような小さな声が耳に届く。それは自分のよく知る声――花琳のものだった。

花琳様、と思わず声が出そうになったが、慌てて口を噤んだ。

間もなく、目隠しが取られ、縄も外される。

「ご無事ですか」

白慧の潜めた声とともに、目に入ってきたのは花琳の姿だった。窓から入る月明かりの中で、目の前で彼女がにっこり笑っている。

「ああ。ありがとう……大事ない」

答えると花琳が「よかった……」と安心したように呟いた。

「どうしてここが……」

よくここがわかったものだ、と煌月は感心する。おそらくなんの手がかりもなかっただろう。しかもはじめての場所であり、巨大とも思える宮廷内である。なのに、なぜと疑問に思うばかりだった。

すると花琳が得意げに「褒めてくださる？」と言う。ずい、と花琳が前に押し出したのは彼女の愛犬、風狼である。風狼は声も出さずに尻尾をしきりに振っていた。

「おまえが私を捜し出してくれたのか。すごいな、おまえは……！」

煌月は風狼を抱きしめる。お手柄という他ない。

「一番先に気づいたのは花琳様でしたよ。煌月様を閉じ込めた輩の話を聞いたのです」

白慧がそう言うと花琳は「そんなたいしたことじゃないわ」と照れ臭そうにツンとした顔で言う。

きっと自分の手柄だというのが気恥ずかしいのだろう。こんな状況なのに、花琳がとても可愛らしく思え、本当に頼りになると煌月は胸が熱くなった。

「ありがとうございます。さすが花琳様ですね」

煌月が礼を言うと、花琳は「もういいわよ」とさらに照れ臭そうにそっぽを向いた。

「さあ、すぐにここを出ましょう」

白慧の言葉に煌月は「そういえばここは」と尋ねた。

「真武殿……大広間のある宮殿です。宴の場からほど近かったために連れ込みやすかったのでしょう。しかもここは儀礼に用いるばかりで、人はほとんど近寄ることもないですからね。おそらく諸侯らの控えの間ではないかと」

数日前に朝聘の儀で訪れた場所と聞いて、煌月は納得した。

なるほど、宴の間に行方をくらました煌月は繹の側ではあずかり知らぬということか。勝手に宴を出ていった、と言いきってしまえばそれまでだ。しかも正式の挨拶もなしに出ていき、礼を欠いたとして筌に責任を求める——いくつもの手で筌を追い詰めるつもりだろう。

「……ところで白慧殿、大きな虫が湧いてきたようですよ」

煌月の言葉に白慧がハッと視線を動かしたそのとき、暗闇から剣が振り下ろされた。

咄嗟に躱した白慧が信じられないものを見たというように目を瞠る。

そこには剛健な男がいつの間にか立っていた。その男の身につけていた装束はまさしく遠くから目にしていた盧朱史——丞相である。はっきりとその姿を目にして、やはり丞相が自分の命を狙っていたのだと悟る。

「耀兄……兄上……」

白慧は震える声で兄の名前を呼んだ。白慧のほうも目の前にいる盧朱史が自分の兄だと確信したのである。

「兄上……！　白慧です。お会いしとうございました」

そう言った白慧の目には涙が浮かぶ。二十年、会うことのできなかった兄弟である。白慧はどれほど会いたかったことだろう。

「白慧か……」

「はい……白慧でございます」

涙ながらに訴えるように言う白慧を見ながら盧朱史は穏やかに微笑む。その微笑みはこの緊迫した雰囲気にはまるでそぐわないものである。

「余も会いたかったぞ。愛しい我が弟よ。さあ、こっちにおいで」

猫なで声でそう言い、近づく白慧に微笑みかけた。すると盧朱史は懐からなにかを取り出すと、それを打ちつけた。鈍く重い金属音が鳴り響く。

「小慧、煌月を討ち取れ。今度こそしくじるな」

金属の共鳴音に重ねるように盧朱史が白慧に向かって言うと、白慧の様子が変わった。

次の瞬間、白慧は煌月へと襲いかかった。

「白慧……！」

花琳が叫び声を上げる。しかし、白慧はまるで花琳の声など聞こえていないとばかりに、短剣を懐から抜くなり、その刃を煌月に向けた。

煌月は同じように懐から剣を抜き、白慧の攻撃を咄嗟に受けながらようやく暗示のきっかけを理解した。あの金属音である。あの音とともに発せられた盧朱史の言葉で白慧は豹変した。

なんとか暗示を解く方法はないか、と思っていたときだ。

先ほどの金属音と同じ音を花琳が鳴らす。持っていたのは白慧がお守りだと言っていた、対の魚符である。それを打ちつけているのだ。

「やめろ！」

盧朱史が目を剝いて声を上げた。

そして白慧は頭を抱えて動けなくなってしまっている。

なるほど、と煌月は得心した。

魚符はもともと盧朱史から授けられていたという。おそらくあの魚符を鳴らす音をきっかけにすることで白慧を操っていたのだろう。そして、金属音がうるさく鳴っているせいで白慧は混乱しているのだろう。

きっと花琳はあの音の正体にいち早く気づいたのだ。そして咄嗟に持っていた魚符を鳴らした。

「白慧！　やめるのよ……！　お願い！」

花琳の言葉に白慧は混乱しているようだった。だが、どうやら正気を取り戻したようで、

「花琳様……」と、花琳の姿を認めている。

さらに白慧は盧朱史へよろよろと足を進めた。

「兄上……お願いいたします……どうか……花琳様と煌月様にはなにもなさらず……」

盧朱史へ縋（すが）りつくと白慧は懇願する。

しかし盧朱史はふん、と鼻を鳴らした。

「この役立たずめ。もう用はないわ」

言いながら、白慧を足で蹴る。

「兄上……！」

「なにが兄上だ。役に立たない者など必要ない」

「兄上……！　あのおやさしかった兄上はもういないのですか」

白慧が悲痛な声で叫ぶ。

「やさしい？　笑止。やさしくされていたと思うなら、それはおぬしが余にとって有益だったからだがな――しかし、おぬしもばかなやつだ。あの手紙など無視してそのまま過ごしておれば、このような目に遭うこともなかったというのに。のこのこと出しゃばってき

て……そこの筌王……おぬしも相変わらず小賢しく立ち回りおって」

忌々しい、と盧朱史は煌月を睨めつけた。

「……なるほど。それほど私が邪魔なわけですね」

煌月も負けじと言い返す。

「おぬしもさっさと死んでしまえば、国民を路頭に迷わせずにすむのだぞ。この繹が筌をもっと生かしてやろう」

盧朱史は不遜な物言いで煌月にそう告げた。

「——残念ながらお断り申し上げます。筌は筌のものでございます。丞相閣下の逆恨みにはおつき合いいたしかねます」

そう言いながら煌月は睨み返した。

「ふん、そう言っておられるのも今のうちだ。ここで余がなにをしようと、誰もなにも言わぬ。常々邪魔だと思っていたおぬしたちを一息に始末できるいい機会だ。……花琳という名には聞き覚えがある。そちらはもしかして冰の公主様かな。ついでだ、仲良くあの世に案内してやろう」

盧朱史の言葉に煌月は「花琳様は私の後ろへ」と自分を盾に花琳を後ろへ押しやった。

「は！　無駄なことを。——いいか、余の兄弟を名乗る不届き者め。また、神聖なこの真武殿を踏み荒らす不審者ども、この刃で打ち捨ててくれよう」

その言葉とともに、盧朱史は剣を振り上げる。

「……！」

煌月は咄嗟に花琳を庇う。

そのとき暗がりから飛び出したのは風狼だった。風狼は素早く盧朱史へ向かうとその足に牙を立てた。

「……っ！」

まさか犬がいるとは思っていなかった丞相は風狼の攻撃に目を剝いた。

「ちょこざいな！　このような獣まで……！」

言いながら、盧朱史は風狼に剣を向けた。

目を血走らせて剣を振り上げる盧朱史は常軌を逸していて、花琳は恐怖を覚えた。

花琳の目からは、涙がこぼれていた。怖い。

今は風狼に気を取られているが、あの剣をまともに振り下ろされたら、一巻の終わりだ。死んでしまいかねない。

「兄上……！」

白慧は再び盧朱史へと足を向ける。

「兄などと呼ぶな！」

盧朱史はそう叫ぶと白慧に剣を向けた。このままでは白慧の命が——もうだめ、と思った瞬間「耀輝様っ」と声がした。

そしてなにかを斬る音がしたかと思うと、白慧を庇って紫蘭が背から血を流していた。さすがに紫蘭の姿に盧朱史は動揺したのか、一瞬次の手を躊躇う。その瞬間だった。背を切られ、致命傷かと思っていた紫蘭が身体を翻し、盧朱史の胸に短剣を突き立てたのだった。

「紫……蘭……なぜ……」

刺されたのが信じられないというように盧朱史が目を剝いている。月明かりの微かな光の中でも彼の胸からは多量の血が流れているのがわかった。

「耀輝様……『山楂樹夢』というお話をご存じですか……」

『山楂樹夢』？　と耀輝は息も絶え絶えになりながら聞き返す。

「湖華様が書かれたお話です。……あの方はあなた様をずっとお慕いしておりました……。あなた様を思う気持ちがたくさん詰まった素晴らしいお話でした。……湖華様はあなた様のことだけを思っておりましたから、あなた様の命令はなんでも聞いていました。けれど、もう笙を恨む気持ちは残っていなかった……あなた様の命令で煌月様を殺めることも……たいそう苦しんでおられたのです」

「な……余は湖華の恨みを……湖華が……」

盧朱史は湖華妃のためにそうしていた、とそう言った。紫蘭は首を横に振る。

「耀輝……様……もう……おしまいにしましょう……二人で……湖華様のところへ参りましょう……これ以上、誰かを殺めるのは……おやめくださいませ……」

そう言って紫蘭は盧朱史の身体に抱きついたまま、その身体に突き立てた剣に体重をかけて、さらに奥へと押し込めた。

そうして紫蘭は盧朱史を抱きかかえたまま剣を抜くと、その剣を自らの首に突き立てた。

二人の身体はゆっくりと床へ崩れ落ちていったのだった。

あくる日、丞相の姿もないままではあったが、なにごともなかったように宴は続けられていた。

その中を煌月の一行は繹を後にする。

「これでよかったのでしょうか……」

白慧がぽつりと呟くように言った。

ゆうべ、紫蘭と丞相の壮絶な最期を見届けた三人と一匹は宮殿を出ると、滞在していた宮殿へ戻った。

そのほとんど入れ替わりに、異変に気づいた衛兵が声を上げたようだが、なんら影響はなく相変わらず饗宴は続いていた。丞相一人を亡くしたところで、この繹という大国は揺らぐことがないのかもしれない。

「白慧殿には辛い思いをさせてしまいましたが」

「いえ……」

白慧はそう答えていたが、彼の胸には大きな傷が残ったことだろう。

表情の暗い白慧に、花琳が「白慧、あのね」と話しかける。

「なんでしょう」

「『山楂樹夢』に出てくる耀輝はね、とても弟思いだったの。すごく弟を可愛がっていて……だから……だから……」

花琳は白慧に伝えたかった。

あんなふうに盧朱史は振る舞っていたが、あれは彼の本当の姿だったのだろうか。白慧を愛しく思う気持ちがまるでなかったとは花琳は思いたくなかった。

『山楂樹夢』に出てくる耀輝は弟を愛し、愛しているがために様々な葛藤をしていた。弟と恋人と故郷とその狭間に揺れていた人間味のある人だったのである。あの中に描かれていた耀輝がそのまま盧朱史という人ではないのはわかっているが、どうしても花琳には白慧にそれを伝えたかった。もしかしたら、あの人はちゃんと白慧のことを愛していたのかもしれない、と。

「花琳様……ありがとうございます。でも、もう大丈夫ですから」

とても大丈夫とは思えない白慧に花琳はきっぱりとこう言った。

「白慧の家族は私よ、いいわね？　白慧は兄上を二十年前に亡くしてしまったけれど、十六年前に私と家族になったのよ。そうでしょ？」

まっすぐに花琳は白慧を見つめる。

「ええ、そうです。私の家族は花琳様……可愛い私の妹御ですね」

そう言った白慧の目には涙が滲んでいた。

終章　煌月と花琳、瑞雲たなびく空の下、大いに祝福される

春を迎えた頃には、病に侵されたあの農村は煌月が指示した治水工事により、温泉水を引くことで鉱毒を抑えることができた。とはいえ、やはり危険が伴うということで、村を安全な場所まで移すこととした。それに対する費用はすべて国が負担した。

また、すっかり忘れ去られていたが、白慧の間者疑惑も無事に解けた。劉己が煌月らが不在の間、内々に調べを進めていたところ、高官の一人に内通している者がいたのである。無事に疑惑が晴れた白慧は大手を振って宮廷内を歩いている。

また、繹は丞相を失ったことをきっかけに、内部分裂が始まったせいで中枢が弱体化している、との噂が入ってきた。実は皇帝はかなり以前から病に侵されており、ここ十年ばかり実権を握っていたのは盧朱史だったとのことで、その盧を失って舵取りができなくなっているのだろう。

そのおかげで、笙への干渉はほとんどといっていいほどなくなっている。

穏やかな空気が笙に流れ、やがて牡丹が美しく咲き乱れる季節を迎えることとなる——。

「まあ、なんて美しいんでしょう！」

秋菊（しゅうぎく）が支度がすんだ花琳（ふぁりん）を見て思わず叫んだのも無理はない。

彼女の目の前に立っているのは、それはきれいな王妃だったのだから。

燃える火のような深紅の衣裳に花琳手ずからの華やかな刺繍が施されている。美しい黒髪は椿（つばき）の実を搾った油で整えられ、そこに赤や緑の石がちりばめられた金でできた豪奢な髪飾りがつけられる。

普段滅多に化粧をすることのない顔には白粉（おしろい）がはたかれ、可愛らしい唇に赤く紅をさす。

今日は立后の儀――すなわち、煌月と花琳の婚儀の日である。

様々なことがあった二人も、こうしてこの佳（よ）き日を迎えている。

春の声を聞いたときからものすごい速度で婚儀の支度が調えられていった。

祝いには周辺の国々から使者が駆けつけ、盛大な婚儀になりそうである。

花琳は繹の建国の儀の思い出があるせいか、煌月に「あんなに豪勢にしなくてもいいのよ」と耳打ちしたが、煌月としてはあれほどとはいかぬまでも、匹敵するくらいの宴にはする予定である。

なにしろ、花琳の笑顔が見られるのなら安いものだ、と思っているのだから。

そして花琳自身も支度として禊（みそぎ）が三日前からはじまっていた。

三日を祭殿で過ごし、そして今朝は、夜明け前には身体を清め、その際沸かした湯に用いた薪には桃の木が使われ、湯には桃の花が浮かべられた。これは桃の花の時期に花を採取しておき、それを乾かして保存しておいたものを浮かべたのだ。桃は長寿と繁栄の象徴であり、この先の笙の繁栄と子宝を願ってのしきたりである。

煌月から贈られた香木を焚きしめた長衣に袖を通したとき、花琳はいつになく心臓が高鳴るのを感じた。

いよいよ、煌月の妻となるのである。

そうして紅色に染められた駝鳥の羽毛で作られた扇を持つと、周囲の侍女たちから、はあ、という感嘆の息が漏れた。

支度を手伝った白慧も実に満足そうに花琳の側で微笑んでいる。

「ねえ、おかしくないかしら？」

普段の衣裳とは違う、豪華な衣裳がなんだか落ち着かなくて、隣にいる白慧に不安げに尋ねた。

「なにもおかしくありませんよ。とてもおきれいです。こんなにきれいな花琳様を見たら、煌月様もきっと惚れ直すに違いありません」

白慧が安心させるように両手で花琳の手を握る。

「白慧……」

「ほらほら、なんて顔をなさっているのです。あちらで煌月様がお待ちかねですよ」

やさしく笑いかける白慧に向けて、花琳は小さく頷き、足を踏み出した。

花琳を乗せた輿は、紫龍殿の大門をくぐると、王族だけが許される扉から宮中に入る。なだらかな階段を上がり、宮中の奥へと入っていく。やがて大広間への廊下にたどり着くと、輿にかけられた赤い薄布が静かに引き上げられた。

「花琳様」

輿に歩み寄った秋菊がすっと手を差し伸べた。その手を借りて花琳は輿から降り立つ。赤い毛氈の敷かれた長い廊下を宮女に導かれながら花琳は歩いた。

その先には煌月がいる。

白慧の言うとおり、婚礼のための衣裳を身にまとった花琳がやってくるのを、煌月ときたら声も出せずにただただ見とれていた。

とはいえ、花琳も煌月の正装に改めて見入る。煌月も花琳が刺繍した深紅の衣裳に身を包み、いつもとは違う花琳と揃いのように赤や緑の石がちりばめられた金の冠をかぶっている。また、腰には金と銀の象嵌に冠と同じく、赤や緑の石をちりばめた剣を差していた。

それはとても凜々しくて、美しくて、まるで一番はじめに煌月に会ったときの衝撃のようなものを覚えて、緊張してしまう。

（眩しい……！　ねえ、私の夫になるのよ！　夢じゃないのよね、本当に夢じゃないのよね。ああ、でも夢でもこんな幸せな夢なら最高よ……！　このまま一生目覚めなくていいわ……）

本当に目覚めなかったら困ってしまうのだが、花琳の心持ちとしてはそんなところである。

そんな、いつも超絶美しいのに、さらに美しさに磨きをかけた煌月がにっこりと花琳に笑いかけている。

（あああ……最高……ありがとう、本当にありがとう……生きててよかった……）

内心でそんなことを思っていることは花琳はひたすらに隠す。そして平静を装った。

「あのね、煌月様。……その……変じゃない？」

花琳が上目遣いでおずおずと煌月に話しかける。すると煌月は「きれいですよ」と極上の笑みを浮かべた。

「本当に？」

「嘘なんか言いませんよ。世界で一番おきれいですよ」

今までほとんど聞いたことのない煌月の甘い言葉に花琳は頰を身に着けている婚礼衣裳よりも真っ赤に染める。

最近、これまでとは打って変わって煌月が甘い言葉を囁くものだから、花琳は戸惑ってしまう。

いつもの元気な花琳はなりを潜めて、今日は随分とおとなしい、けれど可憐な花嫁だった。

ずっと憧れ続けていた煌月と結婚できるのだ。そして煌月にとっても、植物しか興味がなかった自分の人生をいつの間にか変えた花琳と結婚できる。きっと今日はとても幸せな日になるだろう。

「本当にお似合いですね」

秋菊が白慧にそっと耳打ちをする。

「そうですね。こちらまでうれしくなりますよ。ねえ、虞淵殿、文選殿」

白慧が側にいた二人にそう言った。

「ああ、そうだな。いや、花琳様には感謝しかないな、なあ、文選。これで笙も安泰ってもんだ」

「ええ。父なんか泣いて喜んでいますよ」

くすくすと文選が笑う。劉己は煌月が妃を迎えないのかと心底やきもきしていたらしい。そのため、この婚礼にこぎ着けたことはなによりうれしいのだという。

「さあ、お二人とも、国のみなさんがお祝いに集まっていますよ」

文選に促されて、二人は紫龍殿の大扉を開けた。

眩しい光が目に入ってきて、花琳は目を細める。

盛大に銅鑼が鳴らされ、また慶賀の鈴の音が鳴り響く。

すると、わあっ、と地響きのような大きな歓声が一斉に上がる。

その歓声の中、花琳は煌月に手を取られて、前に進んだ。

目の前の前庭を埋め尽くすほどの人が、煌月と花琳に向けて手を振っている。

「煌月様、花琳様、幾久しいご長寿を！　笙国万歳！　万歳！　万々歳‼　煌月様万歳！　万歳！　万々歳‼　花琳様千歳！　千歳！　千々歳‼」

いつまでもいつまでも祝いの声があたりいっぱいにとどろき渡る。

雲ひとつない澄みきった青い空に、かささぎが飛び、白い雲がたなびく。まるで二人の未来を祝うように。

本作品は書き下ろしです。

筆国花煌演義3
~煌めく月は花を恋う~

2023年8月10日　初版発行

著　者　野々口契

発行所　株式会社　二見書房
東京都千代田区神田三崎町2-18-11
電　話　03(3515)2311[営業]
03(3515)2313[編集]
振替　00170−4−2639

印　刷　株式会社　堀内印刷所
製　本　株式会社　村上製本所

二見サラ文庫

本作品に関するご意見、ご感想などは
〒101-8405　東京都千代田区神田三崎町2-18-11
二見書房　サラ文庫編集部　まで

ISBN978-4-576-23083-2
https://www.futami.co.jp/sala/

二見サラ文庫

笙国花煌演義

本好き公主、いざ後宮へ

夢見がち公主と
生薬オタク王のつれづれ謎解き

野々口 契

イラスト＝漣 ミサ

物語のような恋を夢見る公主・花琳。輿入れの途中、暴漢から救ってくれたのは超美形の笙王・煌月で…。生薬＆謎解きときめき物語。